主编 凌翔

以梦为马，时光可鉴

刘静 著

天津出版传媒集团

天津人民出版社

图书在版编目 (CIP) 数据

以梦为马，时光可鉴 / 刘静著 . -- 天津：天津人
民出版社，2021.12
（当代作家精品 / 凌翔主编 . 散文卷）
ISBN 978-7-201-17784-7

Ⅰ.①以… Ⅱ.①刘… Ⅲ.①散文集—中国—当代
Ⅳ.① I267

中国版本图书馆 CIP 数据核字（2021）第 220793 号

以梦为马，时光可鉴
YI MENG WEI MA，SHIGUANG KE JIAN

出　　版	天津人民出版社	
出 版 人	刘　庆	
地　　址	天津市和平区西康路 35 号康岳大厦	
邮政编码	300051	
邮购电话	（022）23332469	
电子信箱	reader@tjrmcbs.com	

责任编辑	岳　勇
封面设计	陈　姝
主编邮箱	jfjb-lx2007@163.com

印　　刷	三河市金元印装有限公司
经　　销	新华书店
开　　本	710 毫米 ×1000 毫米　1/16
印　　张	13
字　　数	200 千字
版次印次	2021 年 12 月第 1 版　2021 年 12 月第 1 次印刷
定　　价	48.00 元

目　录

第一辑　忆过往昔　岁月留香

恒念深情，生活是一束馨香

　　时光被岁月的车轮碾过，那些生命中留下的痕迹，清清浅浅，雪泥鸿爪罢，悠悠远远，雁过无痕罢，亦是生命中最美的符号。

　　站在青春的路口，我幸福的像个孩子般手舞足蹈，跨过时间的洪流，是爱与温暖将岁月之酒酝酿的馥郁香甜，是包容与信任让生命之花次第绽放。

　　从蹒跚学步到初涉世事，从懵懂青涩到通透豁达，从父母眼里的不谙世故到社会里的磨砺成长。犹记得我也曾任性叛逆地如脱缰的野马，自由不羁是给自己的最大标签。也曾坚信白日放歌须纵酒，少年壮志不言愁。可当岁月的波澜起起伏伏，连绵不绝的山脉横亘在梦想的路上，当伫立在人生的十字路口一度错愕彷徨时，唯有矢志不渝、历久弥坚的真情，坚定着放开一路前行的步伐。

亲情，是上天赐予的最大缘分

谁言寸草心，报得三春晖。

这个世界上，任何感情都抵不过亲情。那是打不散、断不了、血浓于水的真情。有一种感情，最无私、最伟大，那是不求回报的亲情。这辈子能成为家人，是上辈子积攒的福气，下辈子我们或许都是彼此生命中的匆匆过客，或许天各一方，或许互为陌生人。

去异乡上班是一个偶然的决定，虽然离家不远，但仍是在每个节日每个假期里都会念及家乡、念及父母亲人。但只要一回到家，心便安定许多。有时，回乡的车仅仅跨过异乡的边界，车轮停在那个熟悉的小城时，仿佛心中都会有一份淡淡的窃喜。

母亲说，我从小就恋家，许是在很小的时候，即便在离家步行只需十分钟的外婆家偶尔住上一晚，深夜也要哭着跑着赶回家住。后来，慢慢长大了，出去读书、工作，以为那份恋家的心情逐渐模糊，已沉淀或暂搁在岁月的一隅，已不像初始时的那般浓稠，可待年龄逐渐增长，仿佛更深了。

毕业后，在家上班的三年里，每日在父母身边，去上班也不过是十分钟的车程。每日悠闲自在，舒适温馨。可总觉得有一丝丝的单调和平淡。于是按捺不住骨子里的那份不羁与叛逆，在反复权衡之后，跃跃欲试地参加了一次考试，将去远方作为彼时最大的心愿。

考试通过后，离开了熟悉的家乡，离开了疼爱呵护自己的家人，只为赶赴另一个小城里扎根落户。好似实现了人们口中的：少年当有远大抱负，须志在四方。

一个人慢慢开始了异乡的工作与生活，没有太多的不适，也没有所谓的遗憾或后悔。只是深刻地清楚着，有些深夜里无法合拢的双眼，焦灼的心情不知从何而来，而能让我进入梦乡的，唯有和父母聊完那一通通口述家常的电话，和唠叨完琐碎的小事而已。

上个周末，和母亲聊天时无意中谈到了好久没尝到母亲包的饺子。虽然饭店餐馆的饺子从不会少，但在我的心底，母亲包的从来都是独一无二、无可替代的。

一周都在忙忙碌碌、慌慌张张的日子里平淡无奇地度过了。忽然接到母亲的电话，说是买了很多菜和肉，饺子馅也做好了，等着我回去。那天，雪下得很大，接电话时正在寒冬的路口执勤，冷风刮在身上像刀子一样，浑身瑟瑟发抖。可不知怎的，听了母亲的话，心一下就热了，一股暖流从心底涌出，我仿佛能感觉到有一抹暖阳在远方照耀着。

回家后，母亲包的饺子把冰箱填得满满的，我惊讶得不知说什么。母亲笑着说，吃完了还可以多带些，这样，想吃了，就煮几个，多好！于是，我空空的背包被母亲做的许多食物装满了，沉甸甸的，那是对我的思念与牵挂，更是满满的爱。

家人的爱，永远都像春风化雨，一生眷顾无言地送予，而我们一直默默地接受着，始终也无法全部回馈。

友情，是你想要回去的那一段时光

鲁迅曾说"人生得一知己足矣，斯世当同怀视之"。而我们羡慕的友情有像李白与杜甫的忘年之交，因诗词而互相欣赏，惺惺相惜。也有像伯牙与子期的知音之交，子期死后，伯牙悲痛欲绝，破琴绝弦，终身不复鼓。友情弥足珍贵，人生苦短，知音难求。

我不是一个太过于喜欢热闹的人，朋友也很有限。但每一段时期里都会有一个真正聊得来的朋友，而我也知生命有限，时间狭促，真正的友谊得来不易，更需好好珍惜。

和我一样在异地上班的君是刚工作认识的同一批村干部之一。初识时，我们都不爱说话，有些内向，又有些羞涩。兴许是多次参加活动，我们慢慢熟识，很快就被对方吸引了。自此也相信着一句话，这世间是有一个词叫作磁场的。我们有着相仿的年龄，都喜欢看书，喜欢写作，但君比我经历的多，有着我欠缺的淡定与成熟。而她却说，我有着她没有的活力与激情。

既有性格相似的平行视角又有互补之处的灵活变通，我们在认识的七年里始终互相关心、互诉衷肠、彼此帮助。

在那些灰色的日子里，也正是这些友谊之花绚烂着田园小径的一路荒芜。

爱情，是一辈子的约定

每个人都有一颗守护的星，传说那是颗爱人的心。大多数人，在寻寻觅觅、兜兜转转中，终是要寻得一处归宿。我能想到的幸福中，没有什么比执子之手、与子偕老更让人期许，也没有什么比我能想到最浪漫的事，就是和你一起坐在摇椅上慢慢地变老而更让人倍感温馨。

那些嘴里一直说着我不要谈恋爱、我不要结婚的男孩女孩们，孰不是一边说着，一边又迈入婚姻的殿堂。没经历过爱情的人，似乎不足以说不想恋爱。因为你没有经历，就不会有憧憬。

即便一代才女张爱玲那么骄傲，在遇到花心的胡兰成后，也只是低到尘埃里。杨绛与钱锺书更是爱情的最好楷模，一起成长，彼此携持。仿若那首诗里写的：

> 世界小得像一条街的布景，
> 我们相遇了，你点点头，

省略了所有的往事，省略了问候。

便是一生。

我们须知，在茫茫世间，从来都不会一个人。纵使时光无情地流逝，总会有一份弥足珍贵的深情、一份融融的爱意，在某个角落，等候着给你所有的温柔。

人生，是一场神秘的旅行。前方是河是海，抑或是山脉，我们无从清楚！但我相信只要带着爱出发，满怀真情，脚踏实地地走好每一步，才能拥抱我们所期待的，而生活的美好也从来不是结果，而是沿途的风景以及看风景的心情。

因为只要心中有爱，便会与美好不期而遇。

时光清浅，寄存美好

连续多日的雨雪天气，仿佛给忙碌生活的人们罩上了一层厚重的阴影，深锁的额头下是一双紧皱的眉。向来喧嚣热闹的街巷里，忽然少了许多尘世的烟火气息，清冷的像幽怨着的少女。逡巡着，只有三三两两的行人和几只悠闲自在的动物，在各自的世界里其乐无穷。

晨起开窗的刹那，一幕梦幻般旖旎的景色在眼前跃起。氤氲的雾气被冬日的暖阳驱散着，能听见带着笑意的鸟鸣声，在寂静的晨里谱写出一曲曲动人的旋律。穿过枝丫的空隙中，黄绿的树叶上泛着盈盈的光，一抹萧瑟的寒风中夹杂着馨香的暖意，漾荡在易醒易醉的晨光中，我迈着优雅的步伐，追寻每一个晨占雀喜的芳菲流年。

我雀跃着，因为每一个缤纷多彩的四季。春有百花秋有月，夏有凉风冬有雪，光阴暗把流年度，清风明月休辜负。

我欢喜着，因为每一个有风的日暮晨曦，风华零落眉眼，朝暮风雨人间，季节与岁月的故事，就这样在晨曦与日落轮回中上演着。

我感慨着，此生如何才能不负流年，将心之所愿慢慢实现，待青丝染成霜，岁月斑驳了容颜，依然优雅从容，静谧安然的回首如烟过往，乐享余生。

我怀念着，每一份生活中的遇见，每一段欢喜的片刻，每一次短暂的邂逅，那都是命运赠予我的欢喜，把每一天都过成起舞的日子，不辜负生命的美好。

摄影，用心记录时光的标本

2014年的春晚，在《时间都去哪儿了》的音乐伴奏中，一组《我和爸爸三十年的合影》在春晚的荧幕中徐徐播放。从一岁的"小米豆"，到三十岁的"大萌子"，在北京女孩赵萌萌的身边，一直是父亲的陪伴，她的母亲用相机记录了父女俩的三十年。一张张照片的次第展示中，我早已泪眼婆娑，看着彼时牵在手里的小女孩慢慢和高大的父亲并肩齐高，而气宇轩昂的父亲却在日渐瘦弱、矮小。时光变迁下的父女情感动着上万网友，而这一组岁月流逝中的亲情照片也被我们无数观众印刻在脑海深处。

忽然忆起童年时光里，许多趣事已无法想起，那些最珍贵的回忆都被珍存在一本厚厚的相册里。可遗憾的是，多年已过，相册里能找到清晰的照片早已不易，大多都已布满斑驳的痕迹，模糊得找不出任何人事的身影。心痛之余，只有将它们放在原处，唯愿今后能慢慢弥补缺憾。

因缘相遇，一次好友的婚礼上认识了一位专业的摄影师。聊天之余，我告诉了他自己想利用闲暇时光拍一些好看的作品。他亦很友好，在不忙的时间里告诉了我很多摄影的技巧，选什么样的角度，表达怎样的主题，反映怎样的情感以及后期修图的各种细节，他都如数家珍般地悉数告知。

经过反复学习、仔细研究，在学习中慢慢实践，我的兴趣也逐渐燃起。想着多年后，一个人在时光潋滟流逝中，静静地看着这些图片，嘴角流露的一定都是幸福的笑容。

于是，生活自此多了一个视角，快乐也多了一份源泉。在流连大千世界的美景之余，仿佛同时增添了一份用心铭刻的心动。

是的，拿起相机，让历史定格在一瞬间，让瞬间成为永恒，让美好常驻。

书籍，在灵魂中散步

说起与书的渊源，总是会让我想起几年前在村干部生涯里扮演的那个小小的角色——农家书屋管理员。

大学毕业后，打消了一直想去北上广等大城市的憧憬，默默地回到家乡，想着所谓可塑之才，即便土壤不那么肥沃又有何妨？我依然能茁壮成长，在村里上班有忙碌也有闲暇，有开心也有琐碎。环境自然是不能与大城市相提并论，但乡村有浓浓的乡情，有和村民在一起相处时的无限乐趣。

可是人生总是会有彷徨迷茫的时刻，那是至今想起来都有些令我难忘的灰色记忆。那时的我，不爱说话，喜欢独处。村里也刚刚为了筹办农家书屋，配置了各类的书籍。而我的任务，就是把所有的书归类整理，编号入册。在闲暇的午后时光，自然会去书屋一边编号一边阅读这些书籍，有名人传记、唐诗宋词、小说杂志等。

慢慢地，竟然使我忘却了生活中的烦恼，书中的故事和哲理也给予了我很多的信心。而我也从那段并不明亮的时光中逐渐走出来，慢慢修复、沉淀。后来愈发的开朗、健谈。

再后来，去警校培训的时间，去异地上班的时间，书店成了我最爱的去处。那些淡淡的书香味，精美的图书封面，分量不重却意义非凡的书籍成了我生活里最好的点缀和装饰。

绘画，让沉寂的心起舞

两年以前，认识了一位好友，她也是我认识的第一个以绘画作为职业的朋友。那时，我对她的生活有止不住的羡慕和向往。在这之前，我并没有太多了解关于绘画的一切，只是粗浅地认为这是一份需要很高天赋和很强的艺术修养才能胜任的工作。对绘画也从来都是抱着只可远观、不可亵玩的心态。

好友给我看她的画，在对她连连的赞叹之余，她告诉我，其实自己也并不是完全专业的，之前这不过是她闲暇时间里的一个爱好。当初她还在公司上班，因为每天都会绘画，然后将自己的作品发布在网上，后来得到多位专业人士的赏识，便慢慢开始变换了自己的工作，并以此为生。现在她的绘画事业也一路高歌猛进，越做越好。

在与好友短暂相聚又分别后，她送了一幅她的画给我，那是一个女孩坐在晨曦的海边上，面向大海的一张背影照，寓意着大海的辽阔与包容。而我知道，其实那个女孩也是好友自己，大海一直是她最喜欢的地方。

在她的鼓励与指导下，我也买了绘画的全套工具，在繁忙的生活之余，也会静下心去勾勒几笔，兴趣使然，漫无目的，只为给心灵完全清空和放松，却也是一份独自的欢喜。

这份积淀在脑海的热爱，总是让我在繁忙的琐事中另辟蹊径，独自清闲。与芸芸众生隔离着，成为那个不一样的存在。生活，品味过后方知其中滋味。

绘画是对美好事物的天生向往，也是对艺术的由衷热爱，它不仅让我在艰辛的生活里找到自信和尊严，也让我对这个世界更加热爱和执着。

因为要做这样的女子：坚持读书、写字、听歌、旅行、摄影，有时唱歌、跳舞、打扫、烹饪。要面若桃花、心深似海、触觉敏锐、情感丰富、坚忍独立、缱绻决绝。

外公——愿岁月将你温柔以待

傍晚路过一片藕田，蝉鸣已尽荷花池，风扫初秋艳阳日。

初秋的荷叶有少许已经枯败，不似平日里亭亭玉立的样子，许是化作春泥更护花了吧！盛夏时节已过，映日荷花也不多见，枯败的叶，凋零的花，却并不让人心疼。因为我知道那田里厚厚的泥里藏着的全是一大节一大节粉嫩可口的莲藕呢！待到莲藕成熟之际，全家人一起下田拔藕，大家卷起裤脚，脸上身上沾满泥巴，丝毫不顾及个人形象，一边气喘吁吁地从泥里拔起粗壮的藕，一边乐呵着说笑，这欢快的场面能让人一辈子记忆犹新。

每每看到藕田，我总会想起外公以及他始终在田里劳作的背影。外公家有很多田地，还承包了很多的水塘河坝。外公外婆是被十里八村的乡亲们公认的勤劳、质朴、善良的人。而他们更是用一生的行动诠释着这些朴素的精神。

记忆中外公每年都会种莲藕，藕虽好吃，拔藕却是一件难事。藕在淤泥里长得很深很深，一般人很难将它们拔起，外公似乎从不嫌累也不嫌烦。拔藕在农村是比插秧割稻还辛苦的事情。母亲儿时，家里尚且贫困，只能靠种藕卖藕补贴家用，那时她们都还年轻，力气也大，再大的藕田，再多的莲藕，也很少让外公外婆忙得唉声叹气甚至焦头烂额。

可是现在经济条件逐渐变好，外公为何还会年年种藕呢，并且都是亲力亲为，也很少花钱雇人来帮忙。为此母亲和阿姨总是不解？直到前些日子，从母亲口中知道这件事后，我才恍然大悟。

上次回家，聊到暑假里总是会有孩子在河塘里洗澡被水淹之事。母亲便对我说外公以前差点因救一名小孩而自己被水淹。那是几十年前，外公家门前有一处水塘，每逢夏日，便会有很多孩子前来游泳玩水。水塘每年都会有人来挖淤泥，淤泥都会被人清空。所以，水塘通常是深不可测的。正值夏日，外公看见水里有个小手在忽上忽下地扑水，便奋不顾身跳进水里，赶紧去救人。

外公水性虽好，却依旧克服不了水深的危险。掉入水里的女孩拼了命地拉着外公，外公几次都险些被女孩拉入水中。最后，凡经挣扎，终于把女孩救起。

女孩的家人感动不已，都来向外公致谢。后来，外公便把家门口的这片水塘种上层层叠叠的莲藕。外公大概会想，这样一片翠绿茂密的藕田，定不会有人再被淹了吧。而后，年年如此，种藕这件事从来没有中断过。

外公不爱说话，在他的世界里，农活是做不完的，也是最重要的。母亲跟我说，外公做了一辈子的好人，无论谁有难，无论谁遇见事了，只要是向他开口了，他能把家里买粮食的钱拿来帮助人家。

虽然帮助了别人，却总是苦了自己。为此，外婆一辈子没少和他怄气。不过，外公的确实实在在地为别人做了很多好事，也受到了很多人的称赞，同时也为家人积了不少福德。

小时候，我特别怕冷，即便在不算太冷的日子里也总是喜欢让外公生火盆，然后围在火炉旁烤着山芋、年糕等各种小吃。外公还会过来帮我一起烤，他烤出来的年糕从来都不会糊掉，外焦里嫩，外面一层嫩黄的脆皮，里面是极其软糯的，再加点白糖，咬上一口，层次分明，松软有嚼劲，吃了它一天都会感到幸福。但外公从来不吃，只是会愉快地看着我吃，那是比他自己品尝还要开心。

以后每次冬天回来，外公都会问我，要不要生一盆炭火。我知道，那是外公关心和疼爱我的一种表达。所以即使身在异地，不管天气有多寒冷，心里想着外公生的炭火盆，总是有种被疼爱的感觉，心里暖暖的。我知道，此时的外公，一定在家里盼望着他的外孙女早日回来和他团聚。

母亲常对我们说，要珍惜这来之不易的幸福。到底什么是来之不易呢？这句话似乎对母亲，对外公更加刻骨铭心。外公的一生是贫苦的、劳累的，但他坚强乐观、勤奋善良的品质影响着许多人。

每次回来，到外公家，他总会慈祥地看着我们，腰驼得近乎贴到地上，头发稀疏却很整齐，花白中依稀能见到些黑发。外公老了，岁月在他脸上刻下了数不清的印痕，偷走了他的青春，拿走了他的无畏和阳光。外公见到我后，执意地要去给我搬板凳，问我最近上班怎么样？和我不停地聊天，问我是否喜欢吃龙虾。我知道，外公一直记得，小时候我最爱吃龙虾了。

即便我说了很多次，现在的我已经不爱吃这些了。因为我知道他年龄大了，每天用笼子去抓龙虾异常辛苦。但外公每天晚上依然坚持去，再早早地去收龙虾笼子，把最好的龙虾捡拾出来，送给我吃！

望着眼前枯败的荷叶，我忽然觉得它们像极了已到耄耋之年的外公，用他们辛苦的一生为子孙后代祈福，默默无闻地奉献着自己的芳华。

你还未长大，我怎敢老去

大爱无言

在人生匆匆的三十年里，一直有种爱伴我前行，为我引航。它厚重、深沉、博大、无私，教我像一棵树般成长，向阳、安然、守静、窃窃欢喜、茁壮踏实。

都说父爱如山，大爱无言，父亲对我的爱也是如此，他很少会向我表达什么，却总是用一个个细微的行动去诠释一切。

从小到大，对父亲而言，我一直是个叛逆的女儿。对我而言，他却总是无原则地包容我所有的错误和任性。

年少不懂父爱

七岁时，我在离家八里远的阿姨家上小学。每天早出晚归，开始父亲坚持要送我前去，我却执意不肯，坚持一人独行。我是个女汉子，自己的事情自己做，理所应当。

上高中因为不喜欢其中一个任课教师，我每天和父亲吵着想要留级。后来父亲找到班主任，班主任并未答应我留级的请求。我将所有的怒气全部转嫁给父亲，认为是他故意不让我留级，于是对读书很不上心。那时翻开书本就能想到父亲，为此也总是耿耿于怀。

高考不久，成绩下来了。当我拿着并不满意的大学录取通知书放在他的面前时，他缓缓坐在椅子上，望着窗外。夏天的风也烫，吹进屋子里，浑身不爽。而我看到父亲深邃而又忧郁的眼神时，自己偷着乐。这几年压在心里的委屈总算是解气了。良久，他语重心长地对我说："人生的路过于漫长，不要因为其中一步路走的不好就失望灰心，好好努力，还来得及！"

在外上学，每次打电话给家里时，我很少跟他聊天。偶尔也会是他接电话，他刚接电话就激动地开始嘘寒问暖："学校食堂伙食怎么样？生活费够不够啊？最近学习如何如何？"不知怎么我有点不耐烦，回了句："都好，我妈呢，让她来接电话。"

那一刻电话能够清晰地听到："闺女来电话了，她说想你，快点来接电话。"我喜欢和母亲通话，只要电话那头是母亲，不用她问什么，我都把学习的烦恼和生活的琐事和母亲说，我不奢望她安慰什么，只要我把话说给她听，自己心里情不自禁的踏实。

读懂已不再年轻

母亲经常说："要不你和你爸说几句？他在跟前等一会儿了。"我笑着搪塞各种理由，迅速把通话结束掉。挂了电话，自己站在宿舍的阳台上，心里仿佛又打了一场胜仗。父亲要和我通话，我偏不，往事若隐若现涌上心头。那一刻感觉自己有点骄傲，骄傲的同时又有些失落。站在阳台上抬头望着不远处的山坡，丛林密布，时不时地几只鸟儿飞出来，又飞回去，自己的心情也颇有不平。

大学放假回家，父亲来车站接我，我在熙熙攘攘的人群中快速搜索着他的身影，当我看到他的时候，他正在对着我笑。父亲怎么了？他怎么变瘦了？什么时候鬓角也开始变得花白？什么时候脸上的皱纹如此之多？我站在原地一动不动，父亲却从人群中挤出来，来到我身旁，从我手中接过行李箱和背包。

只见他先把背包扛在肩膀上，然后又去拉行李箱。他用他的身躯在人群中为我挡住了一条小路，然后笑着示意我跟着他赶快走。我跟在父亲后面，他拉着行李箱，缓慢地移动着。小城不大，但那段路却很漫长。我没抬头看父亲的背影，但却能够感受到他的脆弱。不知不觉，脸发烫。

到了家以后，母亲高兴地拉着我的双手来回看，看着我笑，我们娘俩坐在屋子里叙话。我知道自己有一肚子话要说，父亲把行李放好，我想和他说会话呢，可是他笑了笑，转身走进了厨房。

自己坐在母亲身旁，我问了句："妈，我爸怎么瘦那么多？"母亲听到后，她告诉我，若是有时间，就多陪陪你爸吧。他忙碌了一辈子。我坐在母亲身旁，她的眼睛炯炯有神，念起了往事。

当年在你上小学的途中，你爸总是在你出发十分钟后，便默默地跟在你后面，一直到看你走进校园后，小小的背影消失在他的视野中，他才折途返回，放心离去，就这样你爹坚持了两年，直到你转学为止。

你高考成绩下来，你爸有点无奈。他曾不止一次地和我说过："闺女没有发挥好，这个分数绝对不是她的水平。"他为这事自己偷偷地喝了一瓶白酒，你知道你爸很少喝酒。那天晚上他喝得酩酊大醉。

你读大学，每次往家里打电话。虽然我拿着电话，可是他却像个孩子一般围着电话转个不停。每次你来电话，他也想和你说说话，可是你从来没有和他聊过。挂了电话，他就一个人蹲在门口抽烟，他眯着眼睛不停地叹气："闺女长大了，长大了事情多了都忙，忙点好，忙点好。"

伴我前行

一直以来我以为母亲才是全职保姆，不曾想原来父亲才是一个家庭真正的守护者。自以为是让我走了很多弯路，这些年的叛逆让我以为拒绝了父亲的爱。我以为赢了全世界，直到此刻母亲的一番话才让我恍然大悟，其实我才是个真正的失败者。

当我经历了人生百态，品尝到酸甜苦辣时，才终于开始明白父亲对我所有的好。

他最开心的莫过于我走进警校，穿上制服站在他面前的那一刹那。他最珍惜的是我拿的第一份工资为他买的那双黑皮鞋。他最精神焕发的是我向他描述我们将罪犯绳之以法的一瞬间。他最担心的永远是我在异地是否吃得好，睡得香，工作是否安全。

父亲闲暇时间喜欢种树，我家屋后的地里种着满山的松树和香樟，他们苍翠挺拔、正直朴素，像极了勤劳善良的父亲。

父母之爱，不求回报

父母之无私的爱

曾经看过一句话，说世上最孤独的人，是父母。

父母之爱子，则为计深远。每个做子女的，不管成长到几岁，都觉得自己依旧活在父母的羽翼下，面对风暴时，习惯躲在父母身后，面对挫折时，习惯找父母倾诉，面对伤害时，习惯找父母哭泣。我们毫无节制地索取，父母毫无怨言地给予，这也使得我们成年后依旧被宠溺得像个小孩子。

我们曾经以为父母无坚不摧，刀枪不入，是这个世上最厉害的人。蓦然间，却发现原来他们早已在岁月的流逝中容颜斑驳，双鬓微雪，挺拔的腰背也慢慢佝偻，那个可以时时为我们遮风挡雨的大树也不再茁壮茂盛，变得渺小无力，常年伫立在风吹日晒中，已不复往昔。唯有感叹，时光为何那般残忍，将人生中最美好的年华瞬间碾过，留下的一直是我们无法完成的夙愿。

父母之爱伟大

曾经看到过一则新闻。1982 年，在佐治亚州的一位母亲不可思议地抬起了近一千六百千克的雪佛兰汽车，把压在汽车下的儿子救出。这位母亲不顾一切托举起汽车的时刻也是她诠释着作为一位母亲对孩子的爱，这是一种连生命都可以忽视的本能，我们无需去质疑事情的真实性，女子虽弱，为母则刚。

罗莎琳是一个性格孤僻、胆小羞涩的十三岁少女。很小的时候她的父亲就去世了。母亲索菲娅在一家清洁公司工作，靠微薄的薪金把罗莎琳一手抚养大。因为家境贫困，罗莎琳常常受到别人的歧视和欺侮，这些都给她幼小的心灵投下了浓重的阴影。久而久之，她对母亲开始心生怨恨，认为正是母亲的卑微才使她遭受如此多的苦难。

2002 年 2 月下旬的一天，索菲娅由于工作出色而被允许休假一周。为了缓和母女之间的关系，索菲娅决定带女儿去阿尔卑斯山滑雪。但不幸降临了，她们在雪地里迷了路，对雪地环境缺乏经验的母女俩惊慌失措。她们一边滑雪一边大声呼救，不想，呼喊声引起了一连串的雪崩，大雪把母女俩埋了起来。出于求生的本能，母女俩不停地刨着雪，历经艰辛终于爬出了厚厚的雪堆。母女俩挽着手在雪地里漫无目的地寻找着回归的路。

突然，索菲娅看见了救援的直升机，但由于母女俩穿的都是与雪的颜色相近的银灰色羽绒服，救援人员并没有发现她们。

当罗莎琳醒来时，发现自己正躺在医院的床上，而母亲索菲娅却不幸去世了。医生告诉罗莎琳，真正救她的是母亲。索菲娅用岩石割断了自己的动脉，然后在血迹中爬出十几米的距离，目的是想让救援的直升机能从空中发现她们的位置，也正是雪地上那道鲜红的长长的血迹引起了救援人员的注意。

这些都是关于生命的故事，我们是父母可以牺牲性命也要去保护的人。从拥有我们的那一刻开始，他们似乎可以一瞬间拭去自己身上所有的任性、自私、狭隘，从一个需要被保护的人变成那个可以时时保护我们，为我们遮风挡雨的人。

也许我们出生在普通家庭，也许我们的家境比别人要差，也许在我们的成长过程中多遭受了些苦难，但父母对我们的爱是天底下最纯洁、最伟大的爱。

父母之爱细腻

世界上，没有哪一种人，像父母对待我们那般所有的付出从不计回报，他们就像蜡烛，燃尽了自己，释放着毕生的光芒，照亮着我们前行之路，教会我们如何更好地成长，等待他们的却是日渐衰老，蜡炬成灰。

在没有父母的庇护下，我们就如一棵在风雨中飘零的小草，土壤贫瘠，无法汲取养分，无法茁壮成长，任自飘摇。

在父母爱护下成长的孩子，就像生命中总会有一处避风港，会在你身心俱疲、彷徨无助、流泪哭泣的时候，让你心有所栖，心有所待，赠予你明媚的阳光，重新出发，无惧无畏。

如果你的父母对你严格，请不要悲伤，因为你的未来会比他人更加精良；如果你觉得你的父母不爱你，请你不要悲伤，因为天下之大只有不爱父母的孩子，没有不爱孩子的父母，爱你的永远只有他们，那种爱是无私的、伟大的。

所谓父母子女一场，不过意味着你和他们的缘分就是今生今世不断地目送他们渐行渐逝，你站在路的这一端，看着他们渐渐消失在小路转弯的地方，然后，他们用背影默默地告诉你："不必追。"

年少时会因父母的不断唠叨而心生厌烦，会因父母的句句嘱咐而满怀厌恶，会因父母的过于关心而从不在乎。

而有那么一天，我们会发现，当无人在你身边唠叨、叮咛、嘱咐时，才会真正的不安，那是一种内心的空虚，是一种四下无人的悲凉，更是一种子欲养而亲不待的无奈。

所以趁我们年轻时，请善待他们吧，一如他曾经慢慢养你长大。

童年记忆里的美味——地皮菜

孩提时代，能够令人回忆起来的美食不是很多。能让我至今念念不忘且觉颇有趣味的仍旧是那些年里在地上随处可见，形状颇似黑木耳，且较小肉薄，被村里人称为"鸡蛋皮"的一种食物。

临近夏日，阴雨过后，阳光初放，在长满青草的泥土地里，细心的观察，便会发现有一层层长势喜人的黑色菌皮。

母亲说这些黑色的"蘑菇类"的食物不仅能吃，味道还极其鲜美。母亲告诉我，地皮菜也叫地木耳或者叫地钱，大多长在北方，我们这里也会零星的有。可无论当时母亲怎样为我讲解，我还是不懂地皮菜究竟为何物，直到我长大读了很多书，才知道地皮菜原系陆地所生的藻类，属念珠藻科植物，它形似木耳的形状与色泽，但形状较小且肉薄。

春雨如酥，初雨放晴不久，经常和邻居伙伴凑在一起，赶到各自家中，拿着小竹篮，再跑回田地里，兴奋地把地皮菜一点点地往篮里捡。不到几分钟的时间，便会捡上一小篮筐，高兴地提在手里，盯着小竹篮，喜滋滋地看着，仿佛那香味能从篮筐里溢出来似的。雨后的空气格外清新，伴随着一群小伙伴爽朗的笑声，傍晚的村庄显得格外安详随和，像极了一位慈眉善目的老人。从田里摘回来的地皮菜，经历了风吹日晒，个头并不大，身上渗满了泥土和杂草，需要特别耐心地清洗，若是没有洗干净便炒着吃了，放在嘴里一定是会硌牙的。

母亲清洗时可仔细了，用细盐洒在上面反复地揉搓，不仅杀菌还能加快清洗的速度。她老人家最爱用鸡蛋来炒这些地皮菜，不仅色泽鲜亮，味道也堪称绝美。那时大伙的光景都不是很好，为了给孩子们换换口味，地皮菜成了乡亲们的最爱。我也喜欢吃，每逢雨后，总会跟着邻居婶婶们挎着篮子去田地里采摘，傍晚回来用鸡蛋煎炒着，香喷喷的，又能做一大碗佳肴。

日复一日，年复一年。自己慢慢长大，生活水平也在逐渐提高。餐桌上的菜肴总是各种花样，味道新鲜美味。地皮菜渐渐淡出了餐桌。

几年前，暑假时，城里有亲戚，来到乡下，看到屋前屋后长势喜人的地皮菜很为之惊喜，拍手说一定要去把它们摘回来。于是，我们仿佛一下回到了童年的时光，回到家中，拿着小篮筐，和他们一起，边聊天边采摘，谈笑风生，其乐融融。母亲将大家挖回来的地皮菜，小心翼翼地用细盐清洗，在水里泡上一会儿，然后捞出来用鸡蛋香葱烹炒，不一会儿一碗鸡蛋炒地皮菜就做好了。采摘的乐趣多于人们真正想品尝的欲望，当把菜端到餐桌上，城里的亲戚很少会去真正的品尝它们，摘菜只是为了增加一些乐趣。当我把那些被束之高阁的菜夹起来，再送到口中之时，不知怎么，却没了儿时的那种味道。

时光更迭，彼时的地皮菜，如今的田间地头，小屋古宅，依然随处可见。随着生活水平日益提高，已经很少会有人再去注意和稀罕它。榆荚车前盖地皮，蔷薇蘸水笋穿篱。地皮菜依然葳蕤鲜艳。只要有空，我依然会回老屋看看，想起那些地皮菜，那些摘菜的日子，便会嘴角轻扬，倍感温馨。可最近一段时间回去，我在地上四处找寻，却怎么也找不到地皮菜的身影了。

我把疑惑告诉母亲，她告诉我如今的环境恶劣，污染严重，地上已经很难再找到地皮菜了。

站在老屋门前，我傻傻地发呆。一阵风吹过，吹掉了母亲头上的帽子。我赶紧蹲下来去捡，母亲不让非要自己来，我笑着快速把帽子捡起来要为她戴上，抬头一看，自己愣住了。原来不知什么时候，她老人家也开始有了白发。地皮菜不见了，我却已经长大，母亲也渐渐变老，有些时光真的是回不去了，但藏在记忆中的那份记忆却像一壶老酒，随着岁月的流逝，愈发陈香。

老屋后的石榴树

岁月在身边不经意间已然划过二十八道轮回
偶尔的回首
时光便开启了那道记忆斑驳的大门
高中毕业后
便一直辗转在异地求学或工作
虽身在远方，心总惦念着故乡
当取得一些小小的成绩时
家人殷切的眼神总会出现在我的脑海里
殷殷地叮嘱我不要骄傲，要脚踏实地
当悲怆寂寥浸入心田时
故乡的那抹鲜亮的红色便不断地抚慰着我羁绊躁动的心灵
要经得住磨砺

童年时

父亲总是喜欢种植各种花草树木

春夏秋冬，我家的院里总是生机勃勃、绿意盎然、彩色斑斓

春天，有星星点点、竞相绽放的桃花

夏天，有红黄相衬的美人蕉

秋天，有朵朵盛开的黄白雏菊

冬天，自有那傲视风雪的梅花

——静候在父亲悉心照料的院子里

竞相绽放，妖艳夺人

然而

每每让我回忆起的

最令我难忘的还是家乡的那颗挺拔不阿的石榴树

每到石榴成熟之时

温婉婀娜的江南石榴

自然比不上盛产地的

但父亲栽植的石榴树

却大多比村邻家的石榴更加饱满圆润

夏末初秋之际，待石榴成熟时

将皮轻轻地，一点一点地撕开后

里面粒粒饱满，让人看后便心生疼爱

将他们折出

放在嘴里，是一抹清香般的丝丝润甜

这时候

便迫不及待地想把这些红色的小玛瑙一股脑儿地剥开

放学后

将作业做完，坐在屋前

一颗一颗慢慢品尝

其实不仅石榴粒是甜的，那皮也是含着香味的

年少时

好吃的零食不多

并不多见的糖果，是奶奶留的些许糖包

也很少有零花钱去购买那些让人垂涎欲滴的美食

家中树上的石榴便是我童年对美食最好的回忆

不同于其他桃或者梨

每年的收成要取决于雨水是否润泽

四季是否风调雨顺

石榴仿佛从不受气候的影响

无论雨水充沛或稀少

到花开季节时

远远望去，红色的石榴花把天空渲染成一片鲜艳的红

看久了

只觉得脑里、眼里、耳里都是那抹妖艳的红

晨曦时

那抹娇艳的红开启着乡村里古朴的繁忙生活

夕阳落下时

它便随着傍晚时的落霞渐渐褪去

化作那枝头的一株株谢幕

以及庄稼人心中对美好生活的无限憧憬

石榴的长势总是喜人的

看着它从花落转变成一颗颗立在枝头的圆溜溜的小球时

看着它从一颗颗小球又蜕变为结实壮硕的犹如大人拳头一般的果实时

心里总是会感叹生命力的蓬勃和意志力的顽强

花开时

它绽放满园，宠辱不惊

花落时，零落成泥碾作尘，化作春泥更护花

花谢时，它雨打风吹从不败，化为香如故

以另一种方式化作永恒

守护故乡，守护热土

守护心中执念的那份挂念

每每石榴花开灿烂之时

邻人便三五凑在一起和母亲在树下闲聊畅谈

手里有时织着还未出世婴儿的上衣

有时剥着从菜园里拾掇回来的青豆小菜

那便是晌午餐桌上的彩色佳肴

夏天的一阵凉风吹过

顺便捎走了妇人浅谈中的嬉笑和孩子玩乐时的痴醉

傍晚吃过饭后

在田间劳作了一天的男人们和村里大多数的长者都会坐在石榴树下休息畅谈

这也便是他们最大的娱乐

相对于如今城市里的灯红酒绿、五光十色

总是怀念那些单纯美好的日子

没有尔虞我诈，没有喧嚣，没有尘世的纷繁

几颗带有温度的石榴就可以传递相互关心的邻里情怀

春天的冰融和冬日里的暖阳便是儿时最美的风景

庄稼汉子脸上质朴纯真的笑容是那代人身上最美好的标志

可是

时过经年

昔日的石榴，儿时的村庄

停留在脑海里的乡村回忆

都一一被现代化高耸的工厂和一条条宽阔的柏油大道所代替

站在曾经是石榴花盛开的土地上

听着耳旁机器运作的轰隆声

望着天空直入云霄里的烟囱飘出的缕缕青烟

站在新建的工厂边

阳光照在我的脸上

有些惆怅

我知道，石榴树老了，而我也已长大……

一方水土养育一方人

　　小时候读朱熹的《观书有感》："半亩方塘一鉴开，天光云影共徘徊。"读着读着，我的心思便早已从书中溜走，遥望着窗外的蓝天白云，似乎镶嵌在一面平镜上，像一幅静止的画，我仿佛早已随着这画缱绻遨游于蓝天之上。生于江南水乡，总是会被"水光潋滟晴方好，山色空蒙水亦奇"这样的景色所感动和震撼。江南的雨水多，水塘自然也不少。亭台楼榭，小桥流水，烟雨楼下，好一幅烟云若霞，好一幅多情江南美不胜收！人人尽说江南好，我却说江南奇且灵！

　　自小到大，我极爱四处游走，虽每日都能见到别致的江南美景，却阻止不了一直想要寻找被藏匿着许多美好的古镇村落的念头，将盛景一一尽收眼底。乌镇、南浔、西递、宏村、婺源，都曾留下了我的足迹。夜晚的乌镇，是文艺青年者的天堂，无论是慵懒随意的吉他弹唱声，还是昏黄灯光下的小小书吧，抑或是破烂的老房旧瓦，都能让你找到久违的熟悉感。西递村落是一派古朴的繁华，它呈现着徽商巨贾的富丽堂皇，那独具匠心的雕刻和设计也着实让现代人欢喜和震撼。婺源的美是大自然美景的融合，它层叠却不单调，清新却不失华丽，端庄的气质里透露着过往的荣衰兴盛。我被每一处的特色所迷惑，却始终不曾忘记我心中最美的江南之景——一方近两千四百平方米的水塘，它坐落在我家的屋后，我们都叫它盘塘。

俗话说，一方水土养一方人，其实这话颇有道理。从我有印象的时候，就特别喜欢这方水塘。它占地约四十亩，比一般的水塘大两三倍，不仅如此，它清澈见底，若是阳光明媚时，水里的蓝天白云像从天上复制过来一样。不同的是，水里还有许多小鱼在蓝天上遨游，在白云上嬉戏。我若把脚放在水里，一群小鱼立马全部游到脚的周围，像是抓到一个玩具或是嗅到一份美味似的。倘若我的脚有伤口的话，鱼儿们一齐用嘴啄着伤口，都乐坏了，却不知道，被啄的人可是真心疼呀！

我们全村人淘米、洗衣、吃水基本都是在这口方塘里。即便后来，家家户户都用上了自来水，人们依旧吃着塘里的水。因为它清澈得仿佛没有半点杂质。

盘塘位于全村的最后方，水塘上有一座小山，周围全是农田。在丰收的季节里，青翠的山，浅蓝的水，烁黄的水稻形成了一幅五彩斑斓的油画，点缀着深秋，生动着小镇，陶醉了农人。

我喜欢春夏秋冬每一个季节里的水塘。春天里，在水塘梗上和姐姐们放风筝，和母亲一起去菜园种菜。夏天里，会和村里的伙伴一起去水塘比赛游泳，比赛钓龙虾。秋天里，会帮母亲割水稻、种油菜，水塘温柔地陪伴着我们，直到天空里最后一抹霞光慢慢褪去，我们才深情地和水塘告别。冬天里，会在水塘上方把冰块敲碎，凿出一个小洞，仔细偷窥着里面是否有小鱼小虾。

我的童年里，盛满了水塘的影子，它像一位好友一般，陪伴着年少懵懂的我。

在我上大学的时候，父亲电话里告诉我家中要拆迁。所有的田地都要被卖掉，只是暂时还能住在那里。我听后，只觉得有些不舍、有些难过。当我每一次放假回家时，家乡的变化着实让我震惊和感慨。是的，马路变得越来越宽了，屋后的工厂越来越多了，父母的口袋也越来越鼓了。但我，却并没有特别开心。因为那些我热爱的山、热爱的水塘全部消失了。它不知在什么时候，已变成我脚下的路，变成了我眼前的工厂。那么大的水塘，它怎么说没就没了呀！我痛苦着，却无能为力。

　　暑假的傍晚，我和母亲在宽阔的柏油马路旁的小道上散步，母亲一遍又一遍地指着眼前的事物，问我："还记得这原来是什么地方吗？"脑海里像电影般浮现着我和表弟在水里比赛游泳的画面。虽然我比表弟大，但我总是输，于是我在水里拼命地游呀游呀，始终追赶着前面的表弟，只听见表弟在前面一直喊我加油，却又一边嘲笑我的声音……

　　昔日的记忆，总是那么美好且深刻。

胖胖，我家的宠物狗

　　胖胖是很多年前家中的一条宠物狗。

　　父亲是用一个纸盒子把胖胖带回家的。父亲说，他从没有见过谁家小狗像胖胖一样生得如此浑圆，肉乎乎的，走起路来更是逗人，全身一起一伏，身上的肉肉上下摆动着，憨态鞠人，跑起步来，又总是会落在别的小狗身后，十分滑稽可爱。

　　最近，胖胖一直出现在我的梦里，像要告诉我什么，我只有再一次拿出笔来，用我最拙劣的文字来叙述它的故事。

　　胖胖初到我们家时，那年我刚出生，它是与我一块长大的，也是我幼时最好的玩伴。所以在全家人里它和我最亲。

　　如今，每当我看到别人家养的宠物狗，胖胖的身影便会从脑海中浮现。只要我吹下口哨，它便飞快地奔跑过来，用脚在我身上上下挠着，在我看来，它是通人性的，我们说的它都懂。

　　它开心时的圆溜溜的大眼睛总是不停地眨巴着，不时地向你放电；它生病时沉默地偎在墙角的角落里，谁也不愿搭理；它吃饭前总是会先在地上转几个圈，表示着无法言说的兴奋。它总是会在我们放学后，从家里飞快地奔跑出来，不顾一切地往我身上扑去，每每想起这些，心中都会涌起一阵暖意和念想。

胖胖有两个"坏"习惯

胖胖开始到我家时，饭量不仅没增反而变小，每餐一小碗，便不再多食。有时，我们全家走亲访友，不在家时，它也从不去邻居家蹭饭，也不吃其他人送过来的饭菜，而是宁愿忍饥挨饿很多天，我们家的胖胖，就是这般铮铮铁骨，不食嗟来之食。

直到回家，看到它逐渐变瘦，都不忍心再叫它"胖胖"了。可胖胖每次如此，我却无计可施。

再外出时，母亲总是提前跟外婆打招呼，让外婆把饭菜准备好，特地来我家给胖胖送饭。但这丝毫不奏效，胖胖也不吃外婆送来的，虽然外婆精心准备，会做很多它爱吃的，但胖胖宁愿挨饿，也一口不吃。

它只吃我们家里四人喂的饭。这种对自己身体极端自残的唯一好处就是，那么多年，很多邻居家小狗都相继被坏人用掺了毒药的食物毒死，而胖胖却一直相安无事。

胖胖和其他狗无异，无论我们去哪，它都喜欢尾随其后。一次，我们要坐车去阿姨家，阿姨离我家很远，需要步行加上驱车将近一个半小时的路程。

一行人高高兴兴，只知道胖胖好像是跟随着我们的，被父亲发现后，父亲狠狠地训斥着它，甚至弯腰捡石头吓唬它，赶它走。因为路实在太远，胖胖兴奋的眼神一下落寞下来。那刻，我仿佛看到一个小孩被大人训斥后的伤心无助，直到看着它灰溜溜地离去，在川流不息的人潮中逐渐消失，才放心下。

一个多小时后，当我们抵达阿姨家时，却发现了令人不解的事情。胖胖也跟过来了，它兴奋地看着我们，挥舞着小爪子，不停地摇着尾巴，在二姨家的屋里围着我们转圈。看着它乐不可支的样子，再想着它一路是如何避开我们，径直的尾随在我们身后不被发现的？心中实在不解，这么远的路，开车尚需一个多小时，还有许多大街小巷，左拐右绕，它是如何小心翼翼地一路尾随，我们如此这般的呵斥，居然都没阻止它跟随我们的步伐。

　　后来，我们要再出远门时，便会把胖胖叫到身前，一再地叮嘱，让它不要再尾随。可每次，它都会惊人般地出现在我们身后，气喘吁吁还特别兴奋，让人无可奈何。所以家里如若再外出，总是会留下一个人，照顾胖胖。

　　母亲是一个有着重度洁癖的人，把家里打扫的一尘不染是她多年的习惯。夏天，弟弟妹妹来家，午休时，累了困了，随便找一地，便能直接躺着在地上睡下。母亲是很少让人穿脏鞋进屋的，不管是谁，来家里都要换了鞋或是直接赤脚进来。舅舅开玩笑说，以后我们进门只能把脚扛在头上才可以。可见，母亲对家中卫生的严苛要求。

　　但唯独对胖胖，母亲从不做要求，甚至在屋里给它留了一处位置，它随时可以进屋和我们一块玩耍。

　　犹记得，我读初一上晚自习，每天夜里八点多才下课，回家的路虽不太远，但是有一段路全是林木茂密，杂草丛生，心里很有阴影。父亲经常和胖胖一起来学校接我，每次看到我时，胖胖总是径直朝我奔来，然后摇着它的小尾巴，笑嘻嘻地接我回家。父亲会给我做夜宵，而我总会犒赏胖胖一顿美滋滋的大餐。

　　有时候，父亲工作太忙，母亲又不在家，便会没人接我，那时候我特别胆小，不敢走那条阴森的夜路，就在我手足无措的时候，便看到从远处摇着小尾巴，然后在我面前不停转圈的胖胖，像一个守护者一般站在校园门口。父亲说，胖胖对你那条上学的路和你放学的时间记得比我清楚，每次我还没出发，它都提前去了。父亲对胖胖说，以后我不用去了，直接让胖胖去接你，我看也行。虽是玩笑话，可胖胖似乎听懂了，还听得特别认真。

在胖胖的陪伴下，胆量不自觉变大，夜路也不再害怕，因为胖胖会帮我吓走一切坏人的。如今回想起那条小路，胖胖每晚都会出现在我的校门口，成为年少时心中莫大的温暖。

村里养狗的人家很多，总是会出一些事情，不是自家的狗把人咬了，便是狗误食坏人投的毒，又或是狗从来不听话，总是给主人惹事。

但我们家胖胖不会，它从不惹事，忠诚无比，无论我们去哪，家里只要有它，心中就像吃了定心丸一般，特别踏实。

胖胖不再年轻

有一次夜里，胖胖不像往日，夜里不停地叫唤着，父亲半夜开门，却发现外面并无动静，于是便呵斥它，让它不要再吠叫了。可是不多一会，它又开始一直叫唤，我们不解，都出来探寻究竟，依然毫无发现。父亲把胖胖又狠狠训斥一顿，说这狗，时间长了，已不中用了。可是无论我们如何训斥，胖胖还是不停歇地叫着，父亲不再管它，我们都躺下睡了。

第二天上午，母亲买菜回来，告诉我们一个惊人的事实：村里大部分人家的狗被毒死，鸡鸭都被抢走，甚至有些人家里被盗走不少值钱的东西。原来，昨夜有盗贼来村里，先把村里的狗都毒死后，便开始大范围地盗取值钱的东西，村里很多人家都深受其害。唯独我家平安无事，可再看胖胖，身上有很多被抓伤的口子，腿也受伤几处，走起路来一瘸一瘸的。父亲自责不已，胖胖昨夜为了守护全家的安全，和恶人斗了一整夜，还不停地叫着是为了提醒我们，而我们却全然不知，还错以为它老了，不中用了，疯癫了。

但我知道，胖胖是不会责怪我们的，它看到我们都平安无事，乐呵呵地摇着小尾巴，村里人都羡慕我们家养了一条无比忠诚且有灵性的狗。

胖胖去世的那年是来家的第十三个年头，过世的前一天，它没有吠叫，没有哼唧，只是在屋外的地里绕着一个固定的圈整整转了一夜，深硬的泥巴地被它转出了两个将近一米深的旋涡。

它就那样不停地转，不停地转，我们都知道它快不行了，它已经两天没吃任何东西了，比平日整整瘦了两圈，只剩下皮包骨头，它久久地望着我们，眼里噙满了泪水，我知道它不想离开我们。当它再也转不动了的时候，便闭上了眼睛，永远地睡下了。它走的时候，眼眶全是通红，泪水模糊了它的双眼，双腿血迹斑斑，看着胖胖的样子，我哭得像个泪人一样。

后来，父亲把胖胖埋在我上学必经那条路口的地里。他告诉我，胖胖会一直保护着我们。我每天上学要经过两次，看看睡在那里的胖胖，像是它从来没有离开过我一样。

胖胖走后，少了它的日子，我们一度不习惯，这个和我同龄的玩伴就这样消失了，这让我很长一段时间都无法接受。

之后，家中再也没有养过狗。因为无论在城市的角落，还是乡村的旮旯，都难以找到和胖胖一样的狗了，这个世界上再也没有第二只名叫胖胖的小狗了！

成长

六月，正值初夏。

绿树成荫的街道迎来一张张富有朝气的青春面庞，校园教室旁熟悉的篮球场上是刚刚毕业的同学们依依道别的画面。

初夏的微风里裹挟着燥热、分离、泪水、酸涩的杂糅之味。风从身边吹过、无声、悄然、静默地带走了每一寸值得珍藏的岁月光年。

回望着流逝的时光，为每一朵花、每一棵种子、每一个陌生人的微笑而驻足。停留在记忆熟悉的一棵棵树旁，却发现，它们早已从平庸无奇、矮小瘦弱的树苗成长为如今高大苗壮、笔直挺立、参天傲然的模样。

是时光偷走了我的记忆，还是它流逝的飞快？我尚来不及仔细观察、思考、想象，它却早已站在我遥不可及的人生过道，静静守候着我的目光投向。

就像父母看着我从蹒跚学步到长大成人，看着时光一步步将我刻画成大人的模样，却忽视了他们日渐沟壑纵横的眉头和每每佝偻单薄的身躯。

成长就是这般。

悄无声息却铢积寸累。

工作的繁忙，异地的不便，使我回家的次数并不太多。

相对于一人在外工作和生活的寂静淡然，家中依旧是热闹的。这种氛围确实是更让人欢喜的。可离乡不就是为了更好地归乡吗，将那个稚嫩粗陋阅历浅薄的我们塑造得更加精致深刻博闻强识。

无论身处何方，家，始终是替我们遮风蔽雨的港湾。

每次回家，小侄女都会亲切地叫我，会礼貌地给我端茶，同我聊天。看着快七岁的她，越发地懂事，令人怜爱，便会羡慕姐姐有着如此好的福气。

姐姐把侄女幼儿园毕业的照片给我看时，我着实诧异了。看着戴着小礼帽的侄女，已然快上小学。不由地感慨着，不久前，她还只有一丢丢大，有些淘气，每每坐车都会哭鼻子，姐姐只是一遍遍哄着，很少对她发脾气，更是从未打过她。她说，小孩什么都不懂，打她更是解决不了任何问题的。这种教育方式，有些人是不赞成的，但侄女如今乖巧可爱，和姐姐的悉心的教导是有很大关系的。

我是看着侄女长大的，从她在母亲厨房灶旁需端来凳子才能够上灶锅，到如今轻松便能够触及。从她在商店门口走过时，一定要坐无数遍的摇摇椅到现在对那些孩童玩的已不再感兴趣。从小时需要我一遍又一遍地吹泡泡将她逗乐，笑到流泪，到现在可以安安静静坐在书桌旁画画。

时光确实惊艳，它让一个小不点慢慢发芽、吐蕊、绽放，芬芳馥郁，摇曳多姿。

侄女的成长，更是印证了母亲那句说过无数次的话，你们都这般大了，我怎能不老呢！

去外婆家成为我每次回家的必做的一件事。在外婆的老屋里坐下，和外婆一起攀谈，时光印在我们的身上，还是二十年前的模样。

外婆在我眼中，依旧是我年少时看过的样子。她永远是忙碌充实、精神矍铄、笑脸盈盈的模样。每次我回家时，即便再忙，她也会停下手里的活，慌忙着从田野或菜园中赶回家，向我询问着工作和生活里的琐事。把长满老茧满是泥土的手洗了又洗，将稀疏的有点蓬乱的短发仔细地梳着，搬过椅子，面对着我，和我挨得很近，像迎接着贵客一般，和我攀聊着。

在交谈中，她告诉我，她周围发生的那些林林总总的趣事。绘声绘色、精彩细致的描述，让我感慨外婆口才的流利，不自觉地被她带入到那种热气腾腾的生活里。我不在家的日子里发生的故事，是外婆与我攀谈时最乐于分享给我的。

然而，随着外婆年龄的增长，和外婆攀谈的喜悦，正在日益减少着。

那个仿佛永远精力充沛、活力满满，那个聊天时总是有着说不完的话题，内容丰富到让我惊讶，那个做农活从不叫累，一年时间里很少休息的外婆，在逐渐地老去。

我曾经坚信，外婆是永远不会老去的。

可她和我聊天时，话题会重复，一句话会说很多遍。她被封闭着，外面发生的好多事，她都已不再知晓。她忙于农活时，再也不能一人拖着一板车的农作物快速地走着。她的步伐不再轻盈，她看我的目光里，有着岁月刻下的沧桑。她坐在那，好久好久都可以一直不动，望着远方，就那样看着，很累很累的憔悴模样。

我知道，外婆终是老了。未来的日子里，她还会越来越老。

每每回家的日子都是极其短暂的。隔日便要去他乡上班，总是有些不舍。想着在以前的日子里，去外地上学，去外地实习，那时年龄还很小，内心也会有酸涩。但与此时的不舍，是有些不同的。

彼时，我尚知道毕业后，会有很多的选择，回乡或去外地，都是自由的。可如今，在他乡上班，回家再也不是自由任性的。于母亲而言，是一份体面稳定的工作，需要踏踏实实地做下去的。如此这样，我与家乡便这样久远地相望着。

这种不舍，便会更加深刻。

去上班时，母亲总会去村头送我。看着我上车后，她才会折返回去。

车窗外，母亲的背影从我的眼前转瞬而过。她缓慢地行走着，似乎在思考些什么，头一直低着，发丝被风吹得凌乱不堪，上衣后侧的那个洞还是清晰可见。我望向窗外，再回过头时，双眼已被泪水模糊。

我想，这就是成长吧。

它让我对过去，多了一份不舍；对当下，多了一份思考；对未来，多了一份期盼。

故乡

第一次这样近距离地欣赏着自己的家乡，竟发现它是如此之美。

坐落在繁华现代的县城旁边，它显得格外黯淡，所有夺目的光芒都被相继分去。它像一个被大人遗忘的孩子，在角落里独自成长，不疾不徐，有着自己的节奏和梦想。

我感叹着，它于我而言是那么的熟悉，我们互相见证着彼此的成长，只是在那些不得不出去闯荡的年龄，暂时地和它作别，也为了成为它的骄傲。

在那些外出的岁月里，未曾有一日忘记过它，在心底，在不经意的言谈中，在黑夜的星辰上，在浮现的笑意里，它永远地存在着。

游荡在外的孩子，回到久违的故乡，脚步抵达在那片热土上，心底便会升起一种情绪，温暖、雀跃、激动。那风、那阳光、那高耸的建筑似乎都像是为了迎接着他们的归来，笑意盈盈地望着他，像是外婆殷切期盼的眼神，带着慈祥和关爱。

也许它没有车水马龙的街道，有的只是狭促拥挤的街头。它却支撑着我们几代人成长的步伐。

也许它未有巍峨壮丽的山河，它只有零星分布的低洼浑浊的水流。它却是我儿时嬉闹处的乐园，承载着那时我所有关于美好的记忆。

也许它未有鳞次栉比、摩肩接踵的高楼大厦，它的建筑已经斑驳、褪色、沉寂，饱经沧桑。它却是城市最好的见证者和聆听者，它的锈迹斑斑是充满故事的印记。

儿时，我们对家乡对乡愁是模糊的，即使已然熟记余光中的那首《乡愁》："小时候，乡愁是一枚小小的邮票，我在这头，母亲在那头"。可对于诗句中表达出的那份真挚的情感，是无法等同于，也无法比得上长大后，离开家乡去异乡打拼，又或是在异乡扎根，再去回望家乡时的切身体会。那时万般情愫，再次始于诗人的那份乡愁，苦涩、缱绻、难以名状。

小王子里有一句话："你在你的玫瑰花身上耗费的时间使得你的玫瑰花变得如此重要。"

故乡是你成长的摇篮，它承载了你生命中最重要的一段时光，是你一生中关于记忆最初的印象，它无可替代。即使它落后、衰败、颓废，在你心中，它永远是最美的。

每次回乡时都是匆忙的。驱车在归乡的路上，不自觉地对车窗外的景色总是有着不同的区分。前半段是新鲜的，只是有着怡人的心情。后半段却是温暖的，它能让我调动起所有感官上的美好、感情上的欣喜，我像一只将要归巢的鸟儿，带着渴望和希冀的憧憬，内心逐渐坦荡和平和。

儿时，我的家乡是个有山有水，有桑叶有蚕虫，有鸡鸣也有狗吠的江南水乡。晨曦时，东方的旭日将天空染红一片，整个村庄也跟着苏醒过来。水塘边，田野里，屋舍旁是人们忙碌的身影，孩童坐在柴垛边，小狗吧嗒吧嗒地双眼望着它的小主人，一起期待着美味的早餐。

远远望去，田里的禾苗是翡翠般的绿色，散发着淡淡的清香。父亲卷起裤脚，弯着腰拔着那些不知名的杂草，豆大的汗珠从额头上滴落，逐一浇灌在禾苗上。待它长成金黄金黄的稻穗，那也是父亲汗珠的颜色。

　　一缕缕炊烟从屋顶飘向苍穹，父亲从田里归来。母亲把做好的稀粥、小菜，蒸好的馒头摆放在桌上，父亲大口地吃着。阳光照耀着坐在锅灶旁的母亲，浮现在母亲脸上的笑容带着晶莹的光芒。

　　我的家乡亦如父母亲那般的朴素，有着最清澈的水，有着最绿的山，还有着最美的时光。

　　上小学三年级时，学校离家需要步行二十分钟，途中是弯弯窄窄的田间泥巴小道。夏天的清晨，没过裤脚的杂草生满露水，长裤的下半截总是沾满着露水，从草丛中走过，下半身像是从水里出来一般。通常要等到上完一节课，湿透的长裤才会全部晾干。那段路虽不太爱走，却是我长大后如何也挥之不去的一段必经之途。跨过那段坎坷后，剩下的都将是康庄大道。

　　放学归来时，在路上是一定会碰到数学老师，虽不是真正在路上相遇，但会看到他戴着草帽，在自家田里劳作的样子。待我们走近时，总是很尊敬地和他打着招呼。起初发现他是严肃的，时日多了以后，他竟主动招呼我们，脸上没有上课时的严肃，而是一边招呼我们路上小心，走快点，莫贪玩；一边低着头，用锄头挖着地，黝黑的脸上泛着红色的光。

　　如今，屋后清澈的水塘被工厂所覆盖，很多田地也变成了柏油大道。只是在和母亲散步时，她才会清晰地向我指出那些记忆里的田地沟壑。

　　上学时那条弯弯窄窄的小道还在。可我却已有十几年未曾再次踏在上面。再次凝望它时，杂草已快有一人高，小路已被全部覆盖。站在路旁，我似乎看到有个小女孩背着书包悠闲地向远方走去，迈着欢快轻盈地步伐，自信从容。

而今，故乡与我都发生着变化。

纵使，它与我记忆中的样子有着些许的不同，但却是我唯一不可替代的故乡。

它变得更加包容、快速、沧桑，有很多新的面孔、新的景象、新的美好。

而我也会更快地成长，在愈加阔达的大道上向前阔步，前进着。

家有书香气，风自先辈出

自记忆开始，我的父亲就是一个地道的农民。然而，就在他面朝黄土背朝天的人生里，他最珍惜的却是十年前家里买的放在卧室一角的那个旧书架，还有父亲一直锁在柜子里，被他视作"传家宝"的几本祖上延留下来的家谱。

我是在父亲的谆谆教诲下长大的，小时候的我顽皮、不懂事，他却从不骂我打我，也很少凶我，他从不相信"棍棒下出孝子"这一说法，而是给我讲道理，说反例。

虽然那时候我并不懂那些道理，只是能看到父亲殷切的目光和严厉的眼神。他只上到初中，文化水平不高，却有着和他身份不相匹配的爱好。闲暇时，他便会捧着书坐在屋后或树下，在那里偶尔写写画画，倏尔，就会看到他黝黑的脸上绽放出的丝丝笑容，我能感受到，那个时刻，父亲是充实和快乐的。

父亲深爱读书的习惯是从爷爷那里遗传的。记忆中爷爷是一个博学的人，他上知天文，下知地理，被全村的人尊敬。

小时候，爷爷住在离我家不远的一个村里，爸爸在忙完很多事之后便会在晚上带着我到爷爷奶奶家去玩。旧时的老屋中，围着很多人，有哥哥姐姐、叔叔伯伯，在昏黄的灯光下，聚精会神地听爷爷诉说着一个个载入史册中的忠臣良将的故事。从岳飞的誓死抗金，到杨家将的名震千里。

　　而我最喜欢听的是爷爷说的民间趣闻，他知晓二十四节气中的每一个节气，并且能把关于节气中的每一个故事都说得绘声绘色。爷爷每次说得动情，我们也听得痴醉。我不禁感慨，爷爷肚子里的故事真多，每天听他说故事便成为我那时最开心和期待的事情！

　　然而，父亲却告诉我，爷爷从来没有上过一天学堂，他所有的知识都是自学得来的，包括他写得一手好字。我不禁唏嘘，是怎样的努力和勤奋才能让一个没有进过一天学堂的人被众人尊为师者呢？好奇感满满地占据了我的脑海。

　　爸爸告诉我，爷爷兄弟五人，他是家中老大。小时候，太爷爷在村里办了一所私塾学堂，方圆几里的孩子都来上课，但那时的私塾挣钱不多，太爷爷不会种地，只会教书，家中经济很是堪忧。作为家中老大的爷爷便承担起帮助养家糊口和照顾弟弟妹妹的重任。

　　在很小的时候就和大人们一起去田间劳作，犁地、锄草、挑担子，任凭风吹日晒，风餐露宿。但爷爷小时候也会去私塾旁听，后来忙了，不再去了。太爷爷便在家里开始给兄弟五人上课，从四书五经到唐诗宋词，就这样一个个昏暗的夜晚加上他们自己的勤奋，成就了我的几位满腹经纶的爷爷。

　　太爷爷一生视书如命，他教导子女不管贫穷还是富有，不管成功或是失败，都必须读书，读书是如同吃饭和睡觉一样重要的事情，须一辈子坚持。可怜的是，太爷爷在四十多岁的时候，双目失明，已不能看书，但他依然坚持让孙子们每天给他念书。而这像一抹带着希望的曙光，充实着太爷爷余下寡淡的人生。

太爷爷一生命运多舛，却从未放弃过读书，在太爷爷的感染和教育下，我的爷爷们都成了农村里并不多见的有文化之人。我的二爷爷因为后来改行学医，自己开诊所；三爷爷会作诗；四爷爷写得一手好毛笔字，还会唱各地的戏曲；五爷爷后来考取大学，定居在合肥。作为老大的爷爷，是兄弟五人中最普通的，但他乐于学习，虽然物质的贫困让他稍显平庸，但是精神上的富足让他看起来永远是精神矍铄的。

五年前，爷爷过世了，父亲把爷爷年轻时描摹的钢笔字和一些爷爷的文字作品，都保存在家中装饰最精美的那个抽屉里，就像当年爷爷从柜中拿出太爷爷留下的墨宝一样，它成了我们家世代相传的一种精神。

当我在工作中遇到困难时，或是遇到不如意之事时。父亲便会把爷爷保留的那些有关做人做事的教诲拿出来给我看，每当这时，我仿佛看到了爷爷在对我微笑，抚摸我额头，他的那些话总会闪过我的脑海，让我在彷徨失措的十字路口中豁然开朗，让我在困难落寞的时候重塑希望。我想这就是一种精神的力量。

爱你衰老的模样

　　我与外婆家相隔不到十分钟的距离，记忆中，那是我最爱的去处。

　　外公和外婆有一个相似点，那便是对所有孙儿都特别好。从不重男轻女，厚此薄彼，更不会偏袒孙儿而轻视外孙，又或是把孙儿当成心肝宝贝，把外孙视若敝屣。

　　外婆家的院子是个小公园，里面不仅栽满了各种花草树木，还有热闹的菜园，一洼清澈如明镜般的池塘。夏时，总有路人迷恋着那池塘里的荷叶莲花，久久不肯离去。而外婆惦记的却是那一池的莲藕和鱼儿，因为，那会变成我们垂涎许久的美食。

　　于是，我和弟弟妹妹们假期的时光多是在这院里度过的。弟弟尤其顽皮，去池塘游泳、捉虾、捕鱼，没有他不会的。他还拥有一种大多人不会的本领，就是能在池塘岸边的泥土里掏出黄鳝、泥鳅，而那像蛇一样的动物，我多看一眼都会觉得瘆人。弟弟便经常以此来吓唬我们，不过我们自然也不是好欺负的，每次都会添油加醋地向外公告状，把他做的坏事都说个遍。然后开心地等着他被外公那长长的扫帚狠狠地教训时龇牙咧嘴的样子。

外婆子女多，尽管我们这些调皮蛋每次在她家"大闹天宫"，皮得恨不得掀了房顶。她最多也只会说："再调皮，就把你们都送回家。"可却从来都说到做不到，我们依然撒欢儿似的疯玩。

那时的快乐很简单，捉一只红蜻蜓，钓些许龙虾，都会乐一整天。

爱是小吵小闹

外公外婆十分疼爱我们这些小辈，只是他俩相处起来却像针尖对麦芒，互不相让。

如果要说相似之处，他们应该还有一个，那就是彼此都是犟脾气，甚至一个比一个犟。一次回家，我和以往一样，第一件事便是放下行李，去外婆家玩。可找了半天，只有表弟在，我问："你奶奶呢，怎么不在家？"表弟的话顿时让我吓坏了，他低着头，怯怯地说道："爷爷骑车带奶奶，不小心摔跤了，现在都躺在医院！"

我脑子顿时一片空白，立马询问表弟，到底是怎么回事？原来，外公和外婆去亲戚家玩，外婆说只有二十分钟的路，走路去吧！可外公硬要骑着他的小车去。在这之前，小车没少让外公摔跤，大家劝他不要再骑，可他太犟，谁的话都不听。

害怕他摔跤，外婆便坐在上面，以便给他提醒点，去的时候还是很顺利，可回来时，外公还是带着外婆一起摔了。表弟说，摔得有点严重，留下住院，但幸好都是皮外伤。

去医院后，我们见他俩没大碍，便开始谈些其他，说说笑笑，但两人都不理睬对方，互相憋着气。两天后，外婆先出院，外公还需在医院继续待两日。

每天，阿姨和母亲负责给外公做饭送过去，每次到医院，外公都会忐忑地问一句："你妈怎么样，还好不？"母亲回道："还知道关心人，骑车的时候怎么不想想结果。"外公低声地说:"我不是怕你妈累着嘛,让她少走点路呀!"母亲又说:"那你在舅家少喝点酒呀。"外公说:"那是你妈亲哥,一年去不了几次,我不好意思少喝!"

母亲回来后,把话复述给外婆,外婆没说话,手里正叠着外公的衣服,洗得干干净净的衬衣长裤,被外婆叠得整整齐齐,飘着淡淡的清香。外婆叮嘱着母亲,给外公多带些衣服,天气凉,别冻坏身体。

母亲跟阿姨说:"这俩老人,嘴太犟,明明心里都是为了对方,却偏偏不说,还装着清高。"阿姨笑说:"一辈子不都这么过来了嘛!"

不多久再回家时,依然每次去那里,依然会有拌嘴声,有吵闹声,但那些以爱的名义发生的争吵,又何必去在意谁赢谁输,又何必去在乎结果呢!

的确,七十多岁的他们,如今还有什么没有看通透呢,风风雨雨几十年走过来,对方是什么品性,都清楚得很。我想那些偶尔的拌嘴和小吵小闹,便是他们最真实的幸福吧!

爱是相互陪伴

张爷爷是我的邻居,有一儿一女,都考上了大学。女儿嫁在外地,儿子也在大城市上班,后来留在那里,结婚生子,日子也过得红火。孩子出生没多久,便把张奶奶接过去带孙子。

张爷爷起初也是一起去的,在城市安享晚年,照看孙儿,享受天伦之乐,一直是他期待的!

和儿子全家在城市待的半年里,张爷爷却日渐消瘦。按照他的话说,每天待在一个地方,谁都不认识,带孙子他完全不擅长,也不会做饭洗衣服,在那里,简直度日如年,索性回来了!但张奶奶可没法回家,儿子说,最好能把孙儿带到直接上学!

没办法,张爷爷只能一个人回来了!

回家后，原以为会惬意很多，可全然不是。一年四季整天一个人，孤零零的，老伴长期在城市的儿子家照顾孙子，偶尔回家一次。张爷爷的儿子是众人口里的成功人士，张爷爷也被大家称为最有福的老爷爷。

可我能看出，他根本不开心，身边连个吵架的人都没有，每天牵着一条小黑狗，嘴里絮絮叨叨着一些听不懂的话，看着那落寞的身影，让人感觉心里一阵悲凉！

爱是相互照顾

周末的时候，喜欢早起跑步，总是能看见一幕温暖的画面，两位双鬓斑白的老人一起并排行走着，不紧不慢。老奶奶似乎腿不好，老爷爷便一路扶着她，手里还拿着包裹，步伐很慢，却异常有力。每次远远地瞥见，都不敢近些去惊扰他们，只觉得那是脑海里最幸福的画面。

此时，我想到爱尔兰诗人叶芝曾写下这样的诗句："多少人爱你青春欢畅的时辰，爱慕你的美丽，假意和真心，只有一个人爱你朝圣者的灵魂，爱你衰老了的脸上痛苦的皱纹。"

陪伴是最长情的告白，厮守是最长久的温暖，它们是爱情最好的承诺，而时光总是会给我们最正确的答案。

朝圣的年轻人，若希望爱情能修成美满的正果，就要懂得，真正的美满，就是她还能唠叨着你的粗心大意、你的各种小缺点……你若能爱他将来衰老的模样，那么爱情路上的小坡儿小坎儿，还有什么不可以云淡风轻地携手走过？

张大诺在《中国首部高危老人深度关怀笔记》中说道："这些高龄老人，是世上的宝贝。因为她们就是我们自己，让我们看到活生生的自己的未来。"

浮生茶，人生路

大概我所爱的不是晚秋，是初秋，那时暄气初消，月正圆，蟹正肥，桂花皎洁，也未陷入凛冽萧瑟气态，这是最值得赏乐的。

每次坐车回家时，都会经过一大片的茶园。车开得很快，来不及细细欣赏，绿色的茶园从我的眼里一闪而过，与此同时，闪过的还有童年里有关茶园的清晰记忆。

我所居住的地方有个好听的名字，被称为"中国绿茶之乡"。这里的茶虽没有黄山毛峰那般甘醇高雅，香气如兰。也没有太平猴魁那般个性独特，新颖别致。更没有西湖龙井那般名声远扬，传为佳话。但它却是我们家乡人心中最好的茶。它普通如斯，品茗话桑麻，诗酒趁年华成为家乡人的业余娱乐，却又比普通消遣显得高雅些许。它繁盛易得，在春秋两季的茶园里，翠滴如画般的茶叶露出绿绿的芽尖，在旭日微风下，充盈滋润。它香溢四许，在每一个上学的晨曦或放学的黄昏里，那茶园的清香和茶园里勤劳的采茶女们辛勤的背影，伴我走过了长长的巷陌和孤独的学生生涯。

小时候，亲戚朋友在一起喝茶聊天时，我经常会听到一个问题。"你说是春茶好喝还是秋茶好喝呀？"年幼的我，哪里能区分出春茶和秋茶，更不用讨论说哪个好喝了！那时，与其讨论哪种茶好喝，我显然对周末和母亲一起去采茶更有兴趣，因为不仅可以挣些零花钱，而且一直会被邻居们夸奖。

其实，我家离茶园并不远，步行约十几分钟。可即便这样近，但凡需要采茶的日子里，母亲、我还有村里的阿姨们，在天还未亮时就已经起床。匆匆洗漱，吃点早饭，拿着头夜里已经准备好的干粮就早早地出发了。一路上阔步向前，聊着天，你追我赶的。到了茶园后，便在腰上系上袋子，戴上草帽，麻溜地开始专心致志地采茶了。

虽说采茶是无趣、枯燥的，但我们总能从中找出一些乐子来。其实在小孩里，我算采得又多又快的，因此也总是有阿姨过来夸我："小姑娘采得真快，手够灵活的。"但即使再快，和大人们还是没法比的。于是，我就跑到采得最快的阿姨那里去看，只见她用左右手来回不停地采，手像是会活动的机器一样，我看呆了，心里也默默地学会一招，我也要用两只手来采。

这个技巧确实让我采得更多更快了，我偷偷地告诉了母亲。可母亲怎么也不会用两手来回采，她只要把两手同时用起来，顿时两手都会停止了，反而弄巧成拙。为此，我笑得前仰后合。

茶园很大，一起来的人很快就被茂密的茶园吸引到各个角落里，茶园有矮小不到半人高的，也有高大到超过母亲头顶的。在上午的时候，暖阳当空，露水初放，我们一般在小的茶树上摘茶。但到正午时分，艳阳高照，暖流四溢，我们便又躲到高大的茶树下悠然自得地边聊天边采茶。

一般中午不到的时候，肚子便会饿得咕咕叫，因为早上起来得太早了，所以总是想吃零食。可偌大的茶园里，根本就没有人卖吃的，有时我跟母亲嚷嚷着饿的时候，总是会有好心的阿姨把从家里带来的糖块、饼干给我。还对母亲说："你女儿真懂事，这么小就来帮你采茶。"我瞬间就会觉得这阿姨心真好，真是天底下最好的人。

父亲一般会在中午给我和母亲送饭过来。那好心的阿姨家里没人送饭，她中午依旧吃着那些饼干之类的食物。这时，母亲就会从父亲送来的饭菜里盛出一份送给阿姨，她推说着不要，可拗不过母亲，只好拿了去。虽说父亲做菜的手艺不好，但我们吃得都很香，每次吃完我都觉得没吃饱，因为那时确实是又累又饿！吃过午饭，稍微休息下，便又开始采茶了。这时能让我继续采下去的动力便是袋中沉甸甸的茶叶马上变成往后的零花钱。想着，再坚持一会母亲便会给我买很多好吃的。于是，我又充满活力地和母亲穿梭在一片又一片的茶园里。

傍晚五点多的时候，收茶的人到了。带着一杆大秤，腹部别着鼓鼓的钱包，桀骜不驯地俯视着长长的采茶队伍。我和母亲也站在队伍中，忐忑不安地向前面的人打听着今日茶叶的售价，或欣喜，或落寞。但不管怎样，茶叶终究是要卖给他的。

在队伍的最前面的，便是掌控着我们一整天辛苦所得的收茶老板。有时会是一位凶神恶煞的大叔，有时也会是一位心慈面善的老爷爷。和我们一样的采茶人，脸上都挂着各式各样的表情。一天天下来，她们脸上的白皙早已不见，有的黝黑，有的潮红，有的两者兼有，多是饱经沧桑的样子。那些憔悴面容下的每一丝喜或怒都有着不为人知的心酸。

当拿过钞票，解下那曾系过沉甸甸茶叶的口袋，我仿佛更加明白了那个亘古不变的道理。一粥一饭，当思来之不易；半丝半缕，恒念物力维艰。母亲时常对我说的那句，"吃得苦中苦，方为人上人"如今也更加深有体会。

从小学到初中，周末的时光里，采茶季节到了，我便会偶尔跟着母亲去赚点零花钱。可母亲却在整个茶季里一天都舍不得休息，总是早早地去，晚晚地归。那些平淡的日子里，虽然清贫，但却异常温馨。

　　想来，已经很久没有采茶了。几年前，父亲闲暇时间在屋后种了几株茶树。每逢春秋季节，茶叶长势喜人，绿得碧人。我望着那些冒出的绿色芽尖，那些儿时采茶时光便又会浮现在脑海。那些曾经起早摸黑，浸满汗水的日子仿佛就在昨天，那些曾经和我一起采茶的阿姨们大多已多年未见。不知，此时的他们又过着怎样的日子，只希望，岁月慢点走，让那些记忆的芳甜永远地停留在我的脑海里，化为永恒。

人间有味是清欢

盛夏蝉鸣声渐第逝去

那被遗忘的从田间地头传来的蛙鸣声

上次是什么时候听到的

仿佛耳边再也没有回响过

盛夏的萤火虫，璀璨的星星

就这样，有关夏的声音从眼前走过

慢慢消失在远方

时光漫长而又短促

即使万般的不舍

可它终归是忠于自然的召唤

我想，与其恋恋不舍

不如换个心情换个姿势来迎接秋的到访吧！

每逢新旧季节交替之际，自会带着憧憬喜悦的心情去感受新鲜事物带来的欢乐。与此同时，却总是对过去怀抱着难以割舍的心情。可自然的规律却是谁都无法阻止的，南雁北飞，枯木发芽，月缺月又圆，花开花又谢，几多消愁，谁能与共！

　　记得上次坐车回家时，窗外是一望无垠的稻田，不足膝盖位置的青色秧苗像是一片绿色的汪洋。在柔柔夏风的吹拂下，荡漾起翡翠色的波浪。我携着淡淡的草香归家，让风吹着脸颊，夏风温柔无语，带着无言可说的芬芳穿越过来。可仿佛才过几天，窗外已是一片金黄的世界。田里全是成熟了的稻谷，饱满的稻穗被压弯了腰，低头审视着脚下的位置。可当我经过时，远方的它们又不停地向我招手。仿佛在说："我已成熟，快带我回家吧！"此时，我的脑海里，涌现出无数的疑问和感叹！是谁赋予了它们无限的能量，在如此快速的时间里，以迅雷不及掩耳之势蓬勃地生长着！是阳光，是雨露，是人们的渴望与寄托又或是它们生生不息的不竭动力！无论是什么原因，我自然是不完全知道的。

　　但幼时母亲从播种秧苗到收割的全部过程依然历历在目，好似能从中找到答案。先选上好的稻种，开始培育，等上一段时间，再把它们撒在田里，经过锄草、施肥，阳光雨露的滋润，待稻种长成幼小的秧苗后，去田里拔出，再把它们成排成行地栽在犁好的田里。这才是播种秧苗的第一个阶段。小秧苗长在田里，如果不细心呵护，很容易被杂草掩盖，被害虫咀嚼，最后枯黄而死。所以锄草、打药水、施肥、抽水等很多程序都是必不可少的。可这也仅仅是水稻成熟的第二个阶段。秧苗在往后的成长过程中如果遇到大风强雨，或遇到干旱少雨，当年的庄稼依然会面临收成不好的结局，农民伯伯们前期所有的努力都会劳而无获。我不得不感慨即便像水稻这样看起来很好播种的农作物，它的生长历程尚且如此艰难，更何况那些适应性弱、免疫力差的生物，其生长过程岂不是更加艰辛波折！再联想到我们想去成就的事业，更不能心气浮躁、眼高手低，而要脚踏实地、勤勤恳恳。

秋天取代了夏天，在感官世界里最大的特征便是，生命的绿色转化成硕果累累的金黄。走在回家的路上，那熟悉的香味便引领着我一步步迈进家门，九月丹桂飘香，这香味浸满了整个秋天。屋前有一颗长达十几年的柿子树，每年秋季便会结满柿子，天上的飞鸟、邻居家的小孩、自家的亲朋好友，无一没品尝过这柿子的美味。而这树也从未让人失望，即便年岁已久，每年攀爬时都会折枝破坏，用竹竿不停地敲打也会给树带来疤痕。但这些都不曾影响它的使命以及它对大地的奉献。于是，看着树上灯笼一般的柿子，和家里桌上、台上放满的正在捂着的柿子，开心之余，依然为它担心。担心它会不会就像几年前家里的那棵梨树那样的命运：虽高大粗壮，一个成人人张开双手都围抱不下，结出的梨又嫩又甜，街坊四邻无不夸赞叫好。可不知从哪年开始，它忽然说不结果实了就不结了，从此这棵果树便成了人们眼里的一颗普通的观景树。只是谁都不知道它突然不结果的原因。后来父亲便砍掉了它，那些树枝只能被当作烧火用的柴。

我向院里走去，院里架上的丝瓜虽还开着花，却不见更小的丝瓜。只是还有几个母亲用来留着做种子的丝瓜久久的挂在上面。三岁的小侄子每次来家里都会说："婆婆，婆婆，丝瓜，吃丝瓜！"母亲便说："那丝瓜太老了，不能吃了！"小侄儿还是不解地望着，那小眼神里写满了不解的童真。

屋前再往前去就是青衫、苏铁、香樟、松树等，它们是平凡的，又是孤傲的，一年四季保持着同样的翠青色，哪怕是刺骨寒冬，哪怕是地老天荒。不移白首之心，不坠青云之志。

在天色渐黑之际，我和母亲去散步。变幻不停的天气，雨水忽而来临，忽而又停。因贪慕夜色中的秋，我们依然执意前往，母亲拿了一把伞，以防路上有雨。殊不知，不远的路途，小雨来来回回下了三次，又停了三次。可这看似不太好的天气，丝毫没有影响我们的好心情。如若你会被影响，那一定是没有在初秋的夜色中漫步过。微风中带着丝丝的凉意，是恰到好处的凉意，是缠绵迷离的凉意，一下就拭去了白天的燥热和烦恼，像酥油漫过身体的一种舒适和惬意。在安静的夜色中，没有一丝喧嚣，全是草木清新的香味，没有星光的投影，这样的夜色似乎更添几许神秘！甚至觉得，这样的季节、这样的夜色，总有着似曾相识的感觉。

远离霓虹灯光
远离世俗喧嚣
和草木花香相处的日子里
一种闲云野鹤般的自由
看袅袅炊烟，听鸡鸣犬吠
赏温柔秋月，守着青瓦老宅
让我在田园时光里悄然老去吧！

此心安处即吾乡

苏轼有诗云"试问岭南应不好，却道，此心安处即吾乡"。杜甫也曾有诗曰"露从今夜白，月是故乡明"。王安石也曾说过："春风又绿江南岸，明月何时照我还？"幼时，念起这些诗句只觉得朗朗上口，且诗中的景物描绘得生动形象，直抵心灵深处。再到年龄稍长时，方才知道什么是一切景语皆情语。以诗言志，以景传情，自古以来都是诗人情感最好的抒发方式。

每当读到陕西籍作家的文字时，都会被那些跃然纸上的浓浓乡情所感染。而作家笔下的家乡确实时刻都会让我感动、震撼、膜拜。无论是作家笔下的建筑、土地、山脉还是戏剧、乡音、美食，都会让我想立刻背上行囊，亲眼去阅历、去感受那鲜活的人文特色和风貌乡情。于是，我对从未到访过的渭河、秦岭、咸阳变得十分向往，被陕北人的谦逊、真诚、热情所感染。

所谓故乡情，是从我们出生那刻开始，便会永久地刻在骨子里，流淌在血液里，植根于内心深处，并对那片土地感动和惦念。

作家贾平凹说："我对自己的家乡和生活在那里的乡亲们，一直怀有深厚的感情。虽然在城市里生活了三十多年，但是我对自己的定位还是农民。我的本性依旧是农民，如乌鸡一样，是乌在了骨头里的。所以要用忧郁的目光观察农村、体味农民的生活。我要用文字给故乡立碑。"

再读沈从文的《边城》又让我们认识了一个依山傍水、风景秀丽的小山城。而湖南的乡土风情、独特地貌便又这样深深扎根在我的脑海里。又读农村作家马慧娟的散文集《希望长在泥土里》，作为土生土长的西北人，在她笔下显现出的西北风貌是真实、广阔、贫困的，而仰仗着这片土地生活的西北人却是坚毅、勇敢、洒脱的。我在脑海里一遍遍地想象着倚水而居、以船为生的生活，又在心中一次次构思着骑在马背上，在黄沙走石中人们生活的状况。这些大相径庭，各式各样的生活方式总是牵动并激发着我们那颗向往远方的心。

可随着岁月流逝，总有些事物在历经风浪洗礼后便沉淀在内心深处。而相比之下，也更怀念和热爱着我的故乡。由衷地感慨自己生活在一个山清水秀、人杰地灵的江南小城，爱这里的一枝一叶、一草堂一旧宅。也许在很多人看来，更喜爱雄伟磅礴的高亢激昂，更热爱惊涛拍岸，卷起千堆雪的雄壮，可我仍独宠这钟灵毓秀、山水含烟的婉约柔美。

每次离开家乡去远方，再回到家乡的那刻。仿佛有种落叶归根，告老还乡的亲切感。虽说，我尚年轻，也还是朝气蓬勃的时刻，但故乡在心中确实是任何地方都取代不了的存在。到底这儿哪里好，我也说不出。但真要想说的话，那就是哪里都好。

我家屋前住着一户专门养蜜蜂的夫妻。他家的门前摆放着一百多只蜂箱，每天中午和傍晚时分都会见他们把蜂箱打开。夫妻俩戴着网状的帽子。帽子上系着垂到脖颈处的帘子，手上、脚上也都不裸露皮肤，他们给全身上下做着最全的防护措施。当把蜂箱上的盖子打开时，那些成百上千的蜜蜂就在他们四周不停地盘旋，像是在亲近它们的主人。可看上去确实让人害怕，万一被蜇着还不痛坏了嘛！养蜂的夫妇告诉我，偶尔会被蜇到，但并不太痛。

我家离这些蜜蜂是很近的，因此我们全家人似乎都被蜇过。养蜂人立刻就会过来向我们赔礼道歉，并拿着早就准备好的膏药给我们擦拭。蜜蜂后来一直陪伴着我们，只在应季的鲜花绽放的时候养蜂人才会带它们出去采花蜜。在较长时间的熟悉以后，便再也没有被蜇过了。即便它落在手上、腿上、脸上，也是在上面玩耍着，从不蜇人。

后来，我外出上学，上班离家亦很久。再回时，在很远的地方那些蜜蜂们便会跟着我的步伐一直在周围环绕着，就像养蜂的夫妇说的那样，它们知道你是家乡人！

父亲在闲暇时间把屋子周围所有能利用的空隙全部载满了各种树木。有香樟、桂花、紫罗兰、银杏、梧桐等，它们茂密地驻扎在我家的房前屋后。除此之外，父亲还在那些马路旁，水塘边也载上了数不清的树木。每次回家，傍晚时分陪母亲散步，她总会指着那些树对我说："看，这排松树长势多好呀！看，这排香樟都长这么大了！这些都是你爸载的。"说话时，母亲脸上都会绽放出欣慰的笑容。她不止一次地对我说着这些话，所以每当我行走在那些路旁、水塘边时，便会想到这些树和我有着千丝万缕的联系。这种心动就像是去非洲见到热带雨林、去黑龙江见大兴安岭都不会有过的心安与从容。

我想，即便双脚多少次踏在这熟悉的家乡土地上，也不会生出因曾经到访过无数次而产生的厌倦，更不会有感觉这里不过如此之类的想法。因为，就像艾青说的那般："为什么我的眼里常含泪水，因为我对这土地爱得深沉！"

第二辑　从警路上　一如既往

因为有梦，所以无畏

　　街头巷陌，寒来暑往。总有些背影始终在为百姓奔走。

　　居里夫人曾说过："如果能追随理想而生活，本着正直自由的精神，勇往直前的毅力，诚实而不自欺的思想而行，则定能臻于至善至美的境地。"

　　2014 年于我而言，是不平凡的一年。因为这一年，实现了从小到大的理想，从一名大学生村官华丽转身为一名人民警察。

　　在四年的从警生涯里，实际从事刑警工作却只有一年半的时间。在这期间，途遇过形形色色的犯罪分子，每一次的经历虽然惊心动魄，危险重重，但却愈加牢固着我一直走下去的决心。

　　一次，局里对全城酒店宾馆进行一次彻底的清查。按照约定时间出发，经过两个多小时的清查，共抓捕十几名犯罪嫌疑人。连夜审讯，我和几名同事负责把其中的八名女犯罪嫌疑人送去市里的看守所进行关押。其中一名女性在我们要把她带走时，竟以死相逼，试图挣脱并用头撞墙。经过同事的一番耐心劝导，她的情绪才稍微好转。

　　此时正值炎热的夏季，随便折腾一下，身上都会汗如雨下，何况是连续十几个小时工作注意力高度集中的情况。我们的衣服湿了又干，干了又湿，直到被汗水浸湿无数遍。心里只能安慰自己："当是蒸桑拿吧！"

次日中午，当我们大汗淋漓地将几名嫌疑人送去市里的看守所时，看守所民警却告诉我们嫌疑人的体检报告单中缺少一项必要的体检项目。我们不得不再次将八名女性带去市里的医院进行体检，当体检报告单下来时，我不禁目瞪口呆，其中有六名女性患有传染性极强的疾病，其中包括那位准备用头撞墙的女性。

面对这样的情况，队长好像早已习以为常。他的面部丝毫不见任何讶异的表情，也许这种事在他从警十几年的生涯中已经习以为常。在风口浪尖站得久的人，显然已经无视暴风雨了。这轻飘飘的几点，已惊不起半点涟漪。我不经意望去，他的眼睛有血丝，却挡不住炯炯有神的目光。

时光匆匆一晃，这年6月底，已是下班时间，大队长拨来电话，我条件反射地预料到有一起重大案件等着去加班。事实的确如此，一起特大诈骗案需要我们前往异地抓人。于是便匆匆准备好出差的物件，立即赶赴大队和同事集合，大家都已整装待发。我们坐在车上听取案件的详细过程，这是一起颇为复杂的案件，不仅涉及诈骗，更涉及贩毒吸毒。大队对此次复杂的案件颇为重视，共派出警力六人，加上已在异地的六人，共十二人。

车在深夜的山路中疾驰，路并不好走，坑坑洼洼，可车上无一人抱怨。到达后，已是夜里九点多，同事们立即投入了紧张的审讯侦查。凌晨时分，同事们通过昨夜连续几个小时的伏击蹲守，将涉案的四名犯罪嫌疑人全部抓捕归案。在铁的证据和强大的审讯攻势下，三人均承认犯罪事实。但其中一名女嫌疑人的嘴像上了封条一样，始终保持沉默，无半点线索。

审讯工作一时陷入僵局，同事急得不停地来回走动。擅长预审工作的中队长立刻召集同事进行了重新布置和谋划。中队长以其正在上学需要照顾的女儿为突破口，把女嫌疑人的过往经历和现今惨状做强烈对比，列举出当下铁的犯罪事实，进而引起女子的恐惧感；半个多小时后，一直沉默的女犯罪嫌疑人突然失声痛哭，并如实交代了其二十多年来的所有罪行。

待审讯结束后，要给四名嫌疑人重新进行搜身，然后给予暂时羁押，队长再次叮嘱，几人均有吸毒史，必须好好搜查。涉案的四名嫌疑人均是四十岁以上的年龄，看起来明显比其实际年龄苍老很多，可戴着手铐的他们仍是满脸凶悍的样子！几人全部穿着短裤短褂，我心想，就这点衣服，能藏什么呢！几分钟后，民警在其中一名男子的内裤中搜查到一根很细的银针，这便是狡猾的犯罪嫌疑人企图自残的工具。我忽然感慨，侦查工作要时时认真仔细，保持警惕，任何一个细节都不能马虎，否则后果不堪设想。当忙完剩下的事务后，已是凌晨，同事们都已筋疲力尽。

第二天，我们早早来到羁押犯罪嫌疑人的派出所，一行人对于案件的关键性问题进行探讨后，立刻着手各自的工作。

在办完全部手续后，我们将犯罪嫌疑人从异地羁押回大队。途中去医院给嫌疑人做体检，体检结果显示其中两人有传染病，包括那名女嫌疑人，患有梅毒和丙肝。当我们驱车将嫌疑人送往看守所时，旁边有人听说这几位嫌疑人有传染病时，立刻用手捂着嘴，恨不得远远躲开。站在一边的我，面无表情。看守所拒绝羁押有传染病的嫌疑人，我们只能将她带回，回来途中脑海满是那捂嘴和一脸嫌弃传染病表情的画面，其实本来有心想为她辩解，却觉得说什么都毫无意义。

遥望窗外，不禁想到，我们这个警车里坐过了多少有传染病的嫌疑人，坐过多少有自残倾向的嫌疑人，又坐过多少有暴力倾向的嫌疑人。难道我们警察就是钢筋铁骨吗？难道我们警察就是传染病的绝缘体吗？此刻，窗外路旁的杨树上，响起了知了的鸣叫声，扰乱了我的心。

今天是国庆节。十月，于我而言也很有意义，来刑警队整整有一年半的时间，也从刚来时的一知半解到后来逐渐的驾轻就熟，在目睹了无数起案件的办理过程后，越发感觉做刑警的危险，更感慨同事们的不容易。

他们是丈夫，是父亲，更是别人的儿女，可他们能陪家人的时间少之又少。平日的加班备勤，能休息的时间，能用于在家庭的时间就更不用说。当一名刑警，最亏欠的就是家人，这应该是无数刑警人的心声。

破案的过程并不总是惊心动魄，更多的时候，是琐碎和平淡，需要有百般的耐性与细心。每一次案件的侦破都要经历走访、调查、审讯、取证、抓捕等一系列步骤，这其中的过程漫长、枯燥、艰辛，是一个个看上去并不"光鲜"的片段。

凌晨时分，放在桌上的手机在不停地震动着，这样频繁而又急促的声音，不用多想，一定是同事们在工作群里讨论着案件如何侦破，汇报着侦查工作的进展情况。已经记不清有多少次这样的夜，这样的声音出现在深夜的熟睡之际、梦境时分。

从凌晨一点、两点、三点一直到拂晓时分，从接到案情、研判分析、轨迹追踪、嫌疑人排查、案件侦破，一直到成功将犯罪嫌疑人缉拿归案，是你们多少次舍弃了休息时间，多少次熬红了双眼，多少次冒着生命危险，奋战在一线。

可这样的时刻不是一天、两天，而是大半辈子呀，是占用了一个人一生中最宝贵的风华正茂呀！从入警那天开始，从身穿藏青蓝时的朝气蓬勃，到鬓成霜白时的形容枯槁，细数无情岁月，一生只做一件事，是否荣幸哉！回头看看曾经，时间就如同那不断流逝的水，什么是非成败、好坏曲直，转头皆是一场空。回头不如继续前行，过去的辉煌与不堪，已经统统成为了历史，前方的路，多么曲折坎坷，还是得走！

因为有梦，所以无畏！

当摘下警帽，一个声音穿破苍穹，从无边的夜潜入而来，"当警察是为了什么？"四周沉寂无声，任由思绪信马由缰，接受来自心灵最深处的拷问！是为了舍弃所有的休息时间，在每一个节日不能和朋友促膝长谈，陪父母安享余生，和子女共享天伦之乐？是为了放弃所有爱好，把研判、审讯、侦查当作生活全部，还是为了那微薄的工资和丝毫看不见前景的未来，抑或是为了体味那生命的无常和人性的脆弱？

答案都不是，是心中对法律的敬畏和对公平正义的不懈追求，是对人民警察这一神圣群体的由衷敬佩，是内化于心，外化于行的责任担当，是成功侦破案件时的无上荣光和自豪！是沉淀在内心深处的那一份历久弥坚的警察情愫！这都是你们不断坚持的理由和动力！

作为一名女刑警，进入警队四年，从事刑警工作一年半。我自知我的工作量无法与队里的男同事相对比，遇到的危险也无法和他们相比较。可即便这样，在这短短的一年半时间里，我也无数次感到力不从心，感到筋疲力尽，甚至危险重重。每当这时，同事会乐于帮我，领导细心为我指导，替我指明前进的道路，工作在这样一个有着无限爱与包容的集体中，我深感幸运。

还记得年初，我们面临着一个又一个的考验，人员严重不足，案件却频发不止。我所在的大队侦查中队除却被抽调的人员外，只剩六名民警，却承担着除去城关镇的其余全县八个乡镇所有的刑事案件的侦破和处理工作，我们县户籍人口为五十万人，有时一天刑事案件高达数十起。惯见的懈怠、推脱、逃避等从未出现，迎难而上、相互扶持、主动担当成了整个群体中的主旋律。当案件接踵而至，困难层出不穷，我们竭尽全力依然无法力挽狂澜时，生活以痛吻我，我们只能报以微笑。笑容替代了愁苦，歌声取代了叹息，是团结一致、齐心协力才将困难一一克服。

在我的单位，有从警二十多年的老刑警，却从不因自己经验丰富、资格老而自傲。相反，严谨认真、不骄不躁是他们几十年如一日的工作态度。也有像我一样刚刚步入工作岗位的新警，从最初梦想变成现实的欣喜，到慢慢知晓社会冷暖，感知生活酸甜，体察出从警的辛酸和不易，最后到热爱刑警岗位，并将它作为成长中的不竭动力。

年至下旬，本以为糟糕的局面会逐渐好转，可大势已至，很多事情根本无法逆转。尽管连轴转的加班让人感觉要窒息，红肿的双眼和每日无数次地穿梭在来来回回的办案路上，连喝水的时间都挤不出时，但这一切却丝毫撼动不了同事们那个曾经的刑警梦。有声音说，克服不了困难，怎能对得起刑警这个称谓！于是那眼眶更红，那步伐更沉重，那声音更低沉！

前方之路很苦，可你们一直坚持，是信仰，是使命，更是责任担当！既然选择了远方，便只顾风雨兼程！既然选择了刑警，就意味着奉献和付出。

昨日，斑斓的星辉在浩渺的苍穹中熠熠夺目！

今日，嘹亮的凯歌奏响在普天同庆的盛世华夏！

是这样的夜，是这样喧嚣的节日，是这样无数个如期落幕的春夏秋冬，是每一个看似寻常却又意义非凡的日子！因为有了你们的坚守、负重和默默守候，有了你们日胜一日的敬畏，年胜一年的付出，方才有了这静谧的夜，有了这安详的锦绣年华。

哪有什么岁月静好

没有入警之前，深知危险、暴力、死亡这些词语都和公安紧密相连，也能体会警察的不易和辛苦，心中难免对这份职业有几分敬畏。但媒体的大肆报道和宣传还是让我对其产生的好印象大打折扣，就像人们更爱默默无闻的奋斗而抵触高调的付出，更喜欢浑然天成的雕琢，而忽视镁光灯下的功成名就。

然而，从穿上警服的那一刻起，才发现自己之前的想法是那样的狭隘和幼稚，是那样的天真与不懂事。

2014年，我光荣地成了一名人民警察，并且还是一名惩恶扬善、打击犯罪的女刑警。对未来的旅程，和我预想的一样，充满了艰难与感动……

那天下午，教导员急匆匆地来我的办公室跟我说，有个案子，你要协助大家一起侦破。我看看时间，已经是快下班的点儿了。江南冬日的雨天黑的格外快，抬头望去，雨天连成一片，大雨似乎有使不完的力气，不停地卖弄着，不知道什么时候才能停下。

一路行驶，教导员说他们已经五天没有好好休息了，恐怕后面还需要更长的时间来侦破。一位一直自信的老刑警发出了几声重重的叹息声。让刚出茅庐的我感觉到了案件的复杂和棘手。我们迅速到达了案件发生的乡镇。现场已是狼藉一片，杂乱不堪。能够想象出同事在抓捕犯罪嫌疑人时惊心动魄、胆战心惊的场面。我忽然想到了教导员身上的几处伤口，那一定是抓捕犯罪分子时受的伤。后来从同事那里印证了我的猜想。可是教导员不说，也不让同事们说。

　　教导员向我介绍了案情，这是一个特大的贩毒偷盗案件，嫌疑人是个惯犯，很狡猾，以自己患有艾滋病打掩护，大肆贩毒偷盗，为所欲为。

　　艾滋病，是的，我面前的这几名犯罪嫌疑人都有艾滋病，而我的同事们也已经和她们同吃同住好些天了，甚至在抓捕他们时还受了伤。可是我们的职责告诉我们，就算是被传染了也不能放过他们，绝对不能姑息任何一个对人民造成伤害的不法之徒。因为我们是人民警察，人民的利益高于一切。

　　我迅速参与了案件的侦破工作，和教导员一起甄别违法犯罪嫌疑人采用的工具，对现场收缴的被盗物品进行分类、标记。对犯罪嫌疑人进行审问谈话，和教导员一起去现场搜集证据，不知不觉已经是凌晨了，可是大量的工作还亟待完成。

　　这时，犯罪嫌疑人的两个不大的小孩一直不停地哭泣，其中有一个才三个月。孩子的父母都是艾滋病患者，他们是患病时被生下的。小孩的全身全都溃烂了，发出令人窒息的难闻的恶臭味。

　　由于孩子的母亲要进行审问，安排我照顾孩子。由于皮肤溃烂，她整晚不停地哭泣着。纵使恶臭味熏得我无法正常呼吸，我还是给孩子唱歌，换尿布，喂牛奶，哄孩子睡觉。到了深夜三点多钟，她终于安静地睡下了，而我却毫无睡意。

　　忙好一切，站在漆黑的走廊，望着寂静的夜空，听着风雨交加的呼呼声，面临随时被传染疾病的风险，体验着和犯罪分子的正面交锋，教导员当年的叮嘱不时萦绕在耳边，"做刑警以后就没有退缩，只有责任和担当"，当时听起来是那样的云淡风轻的话，而今却又如此让人刻骨铭心和感同身受。

那晚教导员和我们都一夜未睡，连续多日的熬夜，让他又多了些许白发，额头上也新增了几道细纹，还有那因为连续熬夜而通红的双眼，我不禁哑然，平日里如此强壮的教导员如今看起来是那样沧桑和憔悴。

教导员从警二十余年，在多起重大案件中立下大功，获奖无数。但他生活简陋，膝下无子女，他把他全部的生命和热血都奉献给了刑侦工作，他把工作当成了自己的亲人。

就是在这样巨大的压力下，却不曾听到他半句的抱怨和悔意，不曾听到些许的懊恼与不满。我想这就是刑警的别样情怀吧，这就是教导员对我说的担当与责任吧。

经过一个月的奋战，这个特大的贩毒盗窃案件最终得以侦破，此案共抓获犯罪同伙七人，缴获赃物无数。我们的刑侦民警夜以继日、通宵达旦的坚守，终于换来了一方的安宁。彼时心中除了欣慰就只剩自豪了。

我想如果人生有一次重新选择工作的机会，我依然会坚持我的选择，成为一名刑警，至死不渝，终身不悔。

而今，我会认为再多关于警察的报道和宣传都只是我们工作中的九牛一毛和冰山一角。因为只有真正参与其中，才会感悟至深。哪有什么岁月静好、现世安稳，不过是有人替你负重前行。有一句歌词里说："平凡的人让我最感动，在最平凡的事情里方能展现一个人的伟大，我相信在这平凡而忙碌的岗位上，凭借坚强的信心和辛勤的付出定能闪耀出夺目的光芒和绽放出美丽的花朵。"

警中记（1）

晚上八点多，会议室里坐满了人。

有很多生疏的面孔，那是我在电视或是报纸里才能看到的。每张面孔下无一不是严肃的表情。紧锁眉头，低头思索，心思沉重。在这样的氛围里，我坐在最后一排的位置上，凝神屏息，不敢有大的动作。

最近接连发生了两起案件，中间只隔了一天的时间。这两起案件并不同于往日的普通案件，让侦查民警伤透脑筋，也让不主办案件的我，忧心忡忡。

会议持续了三个多小时，从八点到十一点，作为参与人员里唯一一名女性，我忽感责任重大，可似乎也只能听取其他人各自对案件的说法，拍些照片，撰写些简单的新闻报道。

这是我来队里为数不多几次参与要案重案现场分析的场面，平日里我熟悉的领导、生活里平易近人的同事，此时却显得尤为专业严谨。听着他们对案件的解析，我仿佛真正地置身于现场，内心一阵澎湃，更多是崇敬。

王局长是分管刑侦的局领导，本是刑侦专业的他，对整个案件的调控和要点指示让我从内心感慨与肃然起敬，一个接一个的疑团，案件的重点，都被他牢牢地把握着。法医张主任对案件死者的起因进行着专业陈述，虽然过程中有我听不懂的词汇，但结论却铿锵有力，严谨具体，几句话便能凸显出一个从警几十年的法医的深厚功力，更是让我对他高深的专业知识大为敬佩。

侦察员、技术员都在自己的专业领域内各抒己见，都是此次破案线索里不可缺少的环节。

虽然坐在那里，看上去一动未动，但心底早已为他们多次鼓掌，为他们不眠的夜晚，为他们精湛的专业技术。

王局长说："我们势必要以最快的速度破案，给全县人民一个满意的答复，接下来，大家不能休息，要立刻展开行动。"他异常凝重地补充："我知道你们已经连续加班几夜了，最近案件发生的多，虽然辛苦，但我们的职责就是这样，这时候所有人都必须能扛得住压力，必须经受住劳累。"

散会后，我走出大楼，夜里一片沉静。风吹在身上，凉飕飕的，忽然几声车响划破了夜空的宁静，同事们将要继续奔波在侦查线索的路上。

夜里，我的脑海里一遍遍地回想着王局长语重心长的话，"要以最快的速度破案，给人民一个满意的答复"。

就是为了这句话，我的同事们需要彻夜不眠地奋战在侦破案件的征途中，夜以继日。

可每当案件破获时，总会听到一些不那么友好的声音。破案难道不是警察应该做的吗？拿着工资难道不工作啊？的确，这些确实是我们应该做的，但警察并不是钢筋铁骨，他们也会有疲惫、有劳累、有苦不堪言的时候。他们也有家庭、有儿女、有父母、有和普通人一样的重担。

在这个队伍里，我时常觉得自己是幸福的，因为是办公室内勤，所以我不需要每天出警去处理案件，在星辉交替中奔波，为一桩桩案件来回奔走。

还记得正月里的一起案件，涉案嫌疑人是一名女性，我便被领导安排着加班，连续两个通宵，寒冷的雨夜里，在审讯室里连夜审讯，和嫌疑人斗智斗勇，踩着大雨去案发现场查找证据，早已觉得身体透支。身旁的同事一直不停地关心我，在那种人人都在加班的环境里，他们甚至比我熬了更多的通宵，我内心愧疚着、感动着。我只是偶尔的加班，而这却是他们再正常不过的作息，作为一名一线的民警，这样的工作量是我尝试过后才有的切实感慨。

至今想起，审讯室和警车里那股难闻的气味对我而言，已是一种挑战。更不用说在冰冷的寒夜里去寻找有利的证据。在一个个案发现场里奔波着、劳累着，对于我的同事，我从心底为他们鼓掌。

这个周末，大队群里虽未说加班，但却是一种无言的默契了，案件未破，就不会有休息的说法。

我耳边好像又响起了警鸣声和昼夜里交替闪起的红蓝警灯，那又是他们开始忙碌的身影！

警中记（2）

　　"记得安全第一"，教官的余音还萦绕在射击馆的房间里，王明的手已被汩汩流出的血液染红。站在窗外的同事喊着"出血了"，在后排房间里等着训练射击的同事还以为是在说笑。教官以最快的速度将王明带出射击馆，手指上的血一滴滴地滴落在地上。此时，一群同事目瞪口呆，怎么会这么快就出事呢！但无论大家怎么置疑，这种谁都不愿意看到的事还是发生了。

　　射击练习任务暂时中止，我们一行人在馆里等着教官随后的吩咐。人群中传来了阵阵的议论声，究竟是王明自己的失误，还是枪械的迟钝和损坏？几位女民警围在一起感慨着这份工作的危险常在。

　　贞说，她之前的同事中就有因从警受伤的。

　　那还是在几年前，贞的同事杰被分配到高速交警大队，这显然是一份高危工作。在高速路口对那些违章车辆进行处置，在夜间工作时常会有醉酒的司机出现，新闻报道里不知报道了多少起醉酒司机撞伤执勤交警的事。可即便这样，高速交警们只能在工作中提高警惕，小心行事。

这样高概率的事件不幸地发生在杰的身上，他被车辆撞击，头部进行了两次大手术。不幸中的万幸是保住了生命，但动过手术后的他是与之前无法相比的。贞在说的时候，仍是带着恐惧的表情，她与杰熟识，发生在身边的事迹远比在电视上看到的要感同身受更多。

说完，贞又继续说道，类似这样的事件还不止一起，在这个节骨点上，我们都劝她不要再说了，再说下去，余下的射击任务恐怕是更难进行下去了。在射击管里等待的时间里，上了年纪、快要退休的校长走过来了，教官又命令所有警员，继续射击。一上午的射击训练，校长站在旁边，岿然不动地看着所有人射击，直到最后一发子弹射出时，他才默默回到了自己的座位旁。警察就是一个越是面对危险，越是要向前迈进的群体。抓捕逃犯如此，面对穷凶极恶的犯罪分子如此，拿起枪支和嫌疑人搏斗亦是如此。在任何使命面前，生命变得轻如鸿毛。

对我而言，那些目睹过的、听闻过的，也确实如此。虽只有四年的从警经验，但那些记忆中的危险时刻，同事们遭遇到的危险经历，在脑海里像胶片一样永久地印存着，是永不会磨灭的。

还是两年前，一个诈骗犯落网了，成功破获案件的同事们很是兴奋。可这种兴奋在犯罪分子说出他的病史后瞬间荡然无存了。他患有艾滋病，按照规定，是不能被关押在我们这里的。

同事们辗转着，将他送往关押特殊犯罪嫌疑人之地，而这样近距离与艾滋病嫌疑人长时间相处已是寻常之事。

幸运的是，同事平安归来。

因为一些案件的程序问题，那个电信诈骗的嫌疑人要被带往另外一地，由当地的民警负责护送。不久后传来消息，两位民警均被咬伤，因此患上了同样的病。

听完后，我脑海里一片空白，内心一阵心悸。那两位无辜的民警今后应该怎样生活呢，带着艾滋病的他们又该怎样面对家人，面对余生？

每当看到那些因为过度疲劳，因为歹徒的凶残，因为身为警察，使命高于一切而倒在血泊里，再也无法站起的同事；看到那些身处危险，时刻命悬一线，凌晨深夜依然奔波在出警路上的同事，还有那些已将一生默默奉献给崇高的警察事业的人们，我的心中似燃起一道耀眼的光芒，崇拜是无声的敬畏。

豁然想起，为何有如此多的年轻人理想成为一名人民警察。因为它是正义的化身，代表着矢志不渝、永恒不变的初心。

入警时的那身藏青蓝已告诉我们，警察的职责是维护人民群众的安全。所以，每每遇到领导说有紧急任务时，一种不确定性，一种担忧便会席卷全身，那样的时刻的确是经常有的。

在无数个熬不下去的时刻，在无数次迷茫困惑之时，我时常想着那些入警时的铮铮誓言，始终催进着我们努力向上、奋力进取，成为有担当有作为的人民警察。

此生入警，应无畏无惧。

刑警，你是这样的人

曾经有无数次，我都想提笔写下心中对刑警的那份热爱，又唯恐我浅薄的思想和拙劣的文笔，亵渎了那份神圣职业精神，更难以表达我对刑警的尊崇和关切。

可我心中油然而生的那份长久感动，淡薄了我毫无意义的顾虑，冲破了我所有潜在的禁锢！因为有一个声音总在我耳边回荡：

哪怕文字不够铿锵有力，也要竭力书写几笔，让那一颗颗只知一味付出的刑警红心，能得到些许的慰藉；让那一帧帧打击犯罪、守护平安的动人画面，永远镌刻在人们的心头！

白天共黑夜一体，朝日与夕阳不分

霓虹闪烁，华灯初上，你结束刚刚的现场勘查信息录入，完成了当日手头上的任务，缓步走出刑侦大楼———一天的紧张工作早已使你筋疲力尽；而此刻家中，热腾腾的饭菜已端上餐桌，可爱的小女儿守在门口，盼望爸爸早点儿回来抱抱她。

就在这时，一个出警电话，一个召唤战士使命的电话响起！你，义无反顾地返回办公室，背上照相机、拎起勘查箱，赶赴突发案件的现场。

冬日的夜晚，虽无夏天蚊虫叮咬，但刺骨寒风，一阵阵侵蚀着你的身躯。你饥寒交迫，几近淌下泪水。但刑警毕竟是刑警，如同临战的勇士，你毅然保持着一名专业警察的特质——敬业、缜密、慧眼独具！

大型案件现场，在喧嚣拥挤的人群围观下，你专心致志提取着一个个现场手印和足迹；你弯下腰，耳旁似乎听不到任何噪音，聚精会神地分辨着犯罪分子留下的任何蛛丝马迹。长久以来形成的勘查素养，让你越是面对大案要案，越是镇定自若、心无旁骛。

作为刑事技术员，你从警多年、身经百战，从一般盗窃案勘查到复杂凶杀案勘查，从普通民警到技术骨干，你的奖章，耀眼炫目，发表的论文，硕果累累。

但是这些荣誉，你从不挂在心上。你心中铭记的始终是未比中的手印和未破的案件，不论多小的案件，你都亲力亲为；不管多大的困难，你都率先冲上一线。每每有新警求教，你都耐心细致地予以解答，将心血换来的宝贵经验，毫无保留地传授给他们。

你说："知识无你我，涉民第一要。"

你传授的何止是知识，更是一代代刑警人精神的传承，品质的传承，情怀的传承。它在无数个攻坚克难的时刻，指引着一代又一代刑警人不断鞭策自己，忠诚、干净、担当，敢打硬仗、善打硬仗！

刑事技术室，承担着全县十二类刑事案件的现场勘查。案件发生时段未可知，案件性质各不同，危险与否更是不可预料，但无论何时何地，只要有案件发生，总能看到你忙碌的身影。白天共黑夜一体，朝日与夕阳不分，春夏秋冬只属于黍麦和青木，对你而言，仅有案件和暂时无案件之别。你瘦弱的肩上背的不是沉沉的勘查器材，而是一名刑警的无上责任和对群众的拳拳赤子之心！

案件无大小，件件千斤重

初到大要案中队的我，还从未办过案件，根本不知道一名刑警同时侦办三件案子意味着什么？其中不乏故意伤害案、强奸案、涉枪犯罪等。

我瞪大眼睛看到：现场走访、询问被害人、找证人谈话；调监控、查轨迹、分析案情；抓捕、审讯、羁押；从海量信息中剥茧抽丝，找出"破案线索"的那根针；整理一摞一摞材料，构建完整移诉证据链。要步步到位，环环不可缺。

每一起刑事案件从立案、侦办到结案，你都要花费大量的时间和精力，有的甚至长达数月之久。那一些缺少线索的大要案，会盘桓在你的脑海、背负在你的身上，一年、两年、三年乃至很多很多年。一根弦能绷多久且不断，这是对你心智和耐力的磨砺兼考验。

我倍感压力、茫然失措了。可是你从不抱怨苦累，且笑说"因为我是刑警"。楼道里总是传来你急促的脚步声；办案区里总是能看到你凝重的神情；刑侦大楼里，你办公室的灯光总是亮着、亮着，甚至亮一整夜。

你说，案件无大小，件件千斤重。一次，连续加班四十八个小时，你仍然坚持不休息，还笑说，丝毫不感觉累。在同事们的恳求下，你终于还是在沙发上睡下了，刚躺下不到一分钟，就发出了深深的鼾声。你整整睡了八个小时，才睁开红通通的双目。你早已透支的身体在用"一睡难醒"，向你作无声的抗议！

舍小家顾大家，你无悔地奔波着

简陋的办公室，一张老式办公桌、一台旧电脑、一张放在大街上都不一定有人要的沙发，就是你当刑警的全部家当。

不苟言笑的你，眉头紧锁时最帅。那是你一遍遍地在群里询问着嫌疑人信息，并牵挂着兄弟们的安全。知道嫌疑人被抓到，兄弟们安全归来时，你一直紧锁的眉头，终于打开，释然地笑了，笑得好纯、好美。然后，你翻开工作手册，记录下今天所有和案件有关的一切。这已经是你多年形成的习惯，更是一代刑警人对自身的超级自律，对工作的严格要求。可是你那日日不易觉察而徒生的白发，经常熬夜而布满血丝的双眼，眉头上齿轮般深深的皱纹，你何时在意过？

妻子的抱怨和孩子对你亲昵的拒绝，你虽不表现在脸上，却疼在心头。太多时候，你往返于刑侦大楼、看守所、检察院，奔波在案发现场、缉拿罪犯的途中和收集证据的路上。看守所那条叫"小白"的小狗，每次都对你摇尾巴、眨眼睛、舔你裤脚、围着你转，比你儿子对你还亲热。因为你去的次数实在太多太多，回家的时间实在太少太少了！

案件时有发生，犯罪分子的狡诈与贪婪，受害群众的安危及利益，兄弟们的安全和冷暖，这些你都时刻关注，你根本无暇顾及其他。用"舍小家顾大家"，根本难以形容。

你说："罪犯再猖狂，法网力无穷。"

然而你经常承担的远远不止这些，遵循刑事案件办理流程，依法依规及时办结案件，都是你要严之又严、慎之又慎的。违规办案、超时办案，你都将受到相应的责任追究。你压力巨大，却游刃有余！

刑警，永远在路上

也许不了解刑警的人，会戏称我们"不食人间烟火"。可是，我们也有家。你看，办公室就是我们的家，那六尺黑沙发就是我们最舒服的床。

有人说，你们天天加班备勤，太辛苦！将犯罪嫌疑人缉拿归案，得到群众认可的那一刻，我们心中豪迈，再辛苦、也值得！

有人说，你们饥一顿饱一顿，真可怜！老坛酸菜方便面是我们常年必备物，在无数个深夜里填饱我们的肚皮，只要能管饱就行，不曾管它好吃与否！

有人说，你们很少外出旅游，我们心里清楚，作为刑警，我们去过很多人迹罕至的荒山野岭，领略过常人很少看到的弯月星辰，体验过刻骨铭心的人生百味。

浓雾的深夜，车灯照射下，能见度不足三米，静得确实怕人。游荡的雾霭，像是香炉里飘出来的烟氤，这夜恍若仙境，更若地狱。面对面站着，只听到彼此的声音，根本看不到人。这时，留在我们心底的只有信任！

大雪的深山，寒风如鞭子一样抽在脸上，话刚出口就冻僵在半空，磕头碰脸。雪花漫天飞舞，那山银装素裹，玉树琼枝。放眼望去，白茫茫一片，美得令人窒息，冷得让人心碎。这时，让我们挺住的唯有责任！

在寻找一个又一个证人和嫌疑人的路上，我们顶着月光、披着露水，争分夺秒。苍天大地见证了我们举步维艰，日月星辰目睹了我们酸甜苦辣。支撑我们奋勇前行的是担当！

拂晓日出、黄昏落霞、夜阑皎月，小桥流水、古宅茅屋、鸡鸣犬吠。美景，我们从未错过！

金色盾牌，热血铸就，峥嵘岁月，何惧风流。十九大安保，你连续上班一个多月，不曾休息。十五年网逃一经抓获，你兴奋难眠。自从加入刑警队伍，你从未后悔。

从警之感动二三事

　　时光向来刻薄，像吹散一朵蒲公英似的，把我们吹往不同的地方。大抵人生总是这样，充满一场场盛大的邂逅与别离。

　　不管从事任何一项工作，初始时都会激情四射，朝气蓬勃。可慢慢久了，自然会觉得有些枯燥、单调，哪怕这份工作曾经我们是多么的渴望，努力了多久才获得。我想很多人之所以一直坚持着，重要的原因便是它给我们带来了很多的欢乐与感动，让我们在平淡的日子里能真切地感到幸福。

　　有那么几次，作为一名警察，我由衷地被感动着。

　　自从从事公安工作，我便知道自己肩上的担子比普通人更沉重了，未来面临的困难和挑战也极其的多。心中是早有预计的，可在实际的工作中却依然会感到预期情况和实际情况相差了很多。

　　今年是上班以来最忙的一年，在这个非凡的时期，也是最能凸显能力和战斗力的时刻。很多同事越挫越勇，不舍昼夜地加班加点，尽自己最大努力把工作做好，却从来都是默默无闻，不声张也不炫耀，似乎所有的事都是分内的，是应该去完成的。

一天，同事在群里发的一条信息，立刻引起了大家的注意。我们局的一位交警同志，也是一位辅警，在路口执勤时，遇到一名骑电动车闯红灯的行人，立马上去制止，可行人根本不听，依然往前开，交警同志情急之下便抓住了行人的车。行人车骑得飞快，交警在后面一边奔跑一边抓着车不放。行人并没有把速度降低，而是突然停下，交警便被骤然停止的车甩在身后，重重地摔在地上，当时身上多处被磕破并流血不止。我们听后都感到唏嘘，没想到尽职尽责地站在马路上也会发生这么危险的事情。

其实，没进入公安部门时，总觉得警察站在马路上是天经地义的，不就是站着嘛，也不会很辛苦，好像他们天生就应该站在马路上似的。

可当自己开始站在马路上执勤时，才发现许多交警是要连续站半天甚至一天的，且隔天还要继续。马路上充斥着车鸣声、喧嚣声，路边弥漫着的灰尘和弥散着的雾霾，这样长时间地站着，难免会腿痛或者腰痛。

但这就是交警的工作环境，马路就是他们心中的那片神圣的净土，不管多累，他们最多会说一句："已经习惯了，现在也不怎么觉得累了。"

可那些脸颊和手臂被晒得又黄又黑甚至有点发红的他们，在执行任务时是果敢勇猛的，在警情来临时是首当其冲、冲锋陷阵的。可在面对别人的赞扬时却总是会露出羞涩和不知所措的笑容。但是当他们在面对那些违反交通规则的人们时，又是铁面无私、刚正不阿、庄严又神圣的。

这就是可爱的人民交警。

和我同一批次考进来的一个小姑娘，年中调入交警队，每天除了吃饭，其他时间很少能看到她的身影。闲聊时才发现，她每天加班到很晚却很少抱怨，她和我一样都是从外地考过来的，工作通常占据了生活的一大半，都是全身心地认真对待工作，唯恐错了丝毫，再苦再累也很少埋怨。

另一个外地的女生对我说："工作特忙的时候她就会特充实。相反如果下班了，反而不知道自己去哪！"这位同事是位女法医，局里唯一一位女法医，瘦瘦小小的身躯，可在现场勘验时，她表现出的专业、认真、一丝不苟，又让我忽然觉得那瘦小的身体里潜藏着巨大的能量，此时的她是如此的高大。看到她拿着勘察工具在尸体前镇定自若的样子，脑海里便会想到一句话，用心工作的人确实是最令人佩服的。

大队有几位上了年龄的司机师傅，一干就是几十载的光阴。就像他们说的那样，没有太大抱负，哪里也不想去，刑警队就是他们的家。看着一批批从警队进来又调出的人，他们如数家珍，看着民警们在这里慢慢成长，调出后能有更好的前途，会由衷地开心。

张师傅是从部队退伍回来的，一直在刑警队做司机。操心的他总是会做些自己分外的事。一个送孩子上学的早晨，途遇一个小毛贼偷了一位妇女的钱包，妇女在人群中大喊着，盗贼还在跑，没人敢去追。张师傅一听，立马将儿子放在一边，不顾一切地去追。张师傅在部队里从兵五年，一直在机战队，身手矫捷，体格也好，可与刑警队的同事们相提并论。虽有点上了年纪，可瘦死的骆驼比马大，不出一袋烟的工夫，张师傅便轻松把毛贼制服了。"要想在我眼皮底下偷东西，除非没让我看见。"张师傅擒着毛贼的双手狠狠地说道。

和张师傅一起坐车时，他总爱跟我们说他那几年光荣的当兵生涯，直到大队里几乎每个同事都熟谙于心，背得滚瓜烂熟了。张师傅再对我们说时我们依然笑笑不说话，耐心地听他神色飞扬地描绘着，嘴里还不时地附和着："太厉害了。"因为大家都希望他能开心就好。

进警队四年了，时常会加班，却也时常能在繁忙的工作中觅见不一样的风景，哪怕再累，也会觉得这是值得的！

就像顾城说的那样："黑夜给了我一双黑色的眼睛，我却用它来寻找光明。"生活赠予了我平淡无味和并不精彩的每一天，我却要用它来寻找感动和温暖。

或许，生活的真谛便是在这样的平淡中捕捉着幸福，我想我是幸运的，在这个集体中能够慢慢领悟、体会，收获着这些感动和温暖。

第三辑　人生逆旅　我亦行人

人远天涯近

我们总是一边渴望着远方，一边回望着家乡。

年轻的心不甘平淡，出发是蓄谋已久的希冀。从东到西，从南到北，留下一串串流动的音符，用心领悟，用脚步丈量，行走在辽阔的莽莽草原，心动于巍峨壮丽的群山之巅，感怀于游走时生动曲折的情节与故事。

那些新鲜的、热烈的、生猛的、豪情万丈的，是远方的星光，诱引着人们灼热的目光和视线，牵动着那颗安静向外的心。

我曾为周遭闭塞的环境而苦恼，一直向往没有枷锁的自由自在。自由，无论任何时候都是最为珍贵和最有价值的追求，我们人人生而向往。也唯有自由，脚步才能不被束缚，心灵才能无拘无束。可一旦有所保留，即便心是开放的，可那似乎还是有些牵强的含义了。

有句话说，读万卷书不如行万里路，行万里路不如阅人无数，阅人无数不如高人点路。

可我认为，读书和行走同样重要。见识是我们成长中最重要的一个环节，环顾四周，我们能认识到优秀的人寥寥无几。何况，就算认识，其实也不过是自己一厢情愿的认识罢了。

只有通过阅读，通过行走，才能真正打开自己的视野，拓宽眼界，看到那些有趣的、优秀的、富有激情的人们的生活方式。才能在狭促平淡的生活里遇见丰盈饱满的灵魂，才能在贫瘠匮乏的处世方式里游刃有余。

从懵懂到成熟，每一次不同方式的，距离远近的，偶有耳闻的，于别处的行走都让我嗟叹不已，心有念兮。

小时候，父亲的一张颇为年轻且有朝气、站立在上海滩前的照片，被贴在家里立式储物柜的内侧。每次打开柜子，便能看到微笑着的父亲，身后是繁华旖旎的大上海，它就像远方的灯塔，神秘又梦幻，召唤着我那颗年幼却渴望远方的心。

再到大约懂事的年纪，我对远方有了更清晰的认识。

它给我最初的印象是得体的着装，是飞驰的轿车，是优雅的身姿和许多精美的礼物。它和我期盼的相仿，那么美好，我总把一年里最多的、最灿烂的笑容和最好奇的目光留在了那相见中为数不多的几日里。

我盼望着远方亲人的归来，从他们侃侃而谈的说辞里，从他们和周围熟知人们的举手投足里，从他们不一样的谈吐，不一样的阅历和见识里，我看到了我喜悦和期待的样子。我更加期待着去远方，期待着美好如期降临。

很多年后，直到我拿到大学录取通知书，知道我将前往一个我不曾熟悉的城市，在那里学习居住，和不同的人相遇，遇见完全不同的风景，我激动和兴奋地忘乎所以。如同即将邂逅一段唯美浪漫的爱情那般雀跃和畅然。

在久处的生活里，那些乍见之欢永远是值得期待的生命遇见。

在张爱玲的一生中，对她影响颇深的几个人物里，有她的母亲黄逸梵，即便她与母亲关系不是十分要好，可那脆弱却又扯不断的母女关系里，她们又都彼此在乎着自己。

如张爱玲一般，黄逸梵亦是一位传奇和了不起的女子，她被称为中国第一代"出走的娜拉"，她虽裹着小脚，却推崇西式教育，思想开放，是那个时代的新女性。她拜师学油画，从穿着到房间的装饰，都有着不俗的品位。她多次出走在国外，一生漂泊，这对张爱玲的创作有着很大的影响。

她亦是一位独立坚强，勇于追求自我的女性。母亲的特立独行影响着张爱玲的一生，在生活上，在文字上，在思想中。

正是因为有像黄逸梵这般有着不凡追求和丰富阅历的母亲，方才成就了张爱玲波澜壮阔和真实传奇的一生。

无论是谁，只要走出去，自会有一番新的见解与感知。

可行走过程中，那些事先说好的，只是暂时的离开，短暂的行走。有时却像断了线的风筝，没有了回去的方向，变成了一场不可逆行的单行道，没有归途，只有来路。

我清楚地记得：有一次，我一人去天津远游时，在一条古朴的老街上，看到周围行色匆匆的人们。看得见她们笑得灿烂，听得见他们聊得开心。虽近在咫尺，但他们却跟我没有任何关系。彼时，只有天气，是晴天还是雨天，是阳光还是雨水，和我有着最直接的联系。忽然就想到朱淑真曾在《生查子》里写过，"人远天涯近"。

记得白岩松曾在《痛并快乐着》里说过："一提到故乡两个字，我的脑海里一定是内蒙古，虽然我在那里只待了十几年，我的大半生都是在北京度过的。但北京却依然不是我的故乡，它是我儿子的故乡。我在内蒙古的那十几年，影响着我的一生。"

人远天涯近，当我们年少时，只是想更多的行走，去看更多的风景，有更为瞩目的成绩。

可当岁月终于流逝，当们的双鬓染上白发时，再回头四顾，原来我一生最期盼的，就是不要辜负。不辜负故乡的期望，不辜负亲人的期望。

迪拜之行——看见的最美爱情

美好的遇见

此时的江南正是人间最美四月天，古城流水，雨滴纷落，杨柳烟丝，微风轻拂，燕子在檐下呢喃，达达的马蹄声，萦绕在耳畔。挥洒笔墨，如人间仙境般美不胜收。

站在有些斑驳的小桥上，潺潺的溪水，在正午的艳阳下被映射的波光粼粼，山涧里传来阵阵鸟鸣。不远处，有年轻的情侣在溪水旁嬉戏玩耍，幽静的山谷里萦绕着欢快的音符，似一首动人的歌曲，更像一幅迷人的画。

置身于这般梦幻般的景色中，我想起了那个美好的如这画一般的娟姐以及她那绵长浓甜的爱情故事。

人与人之间是有磁场的。偶然遇到一个人，就会感到强烈的相互欣赏和吸引，仿佛彼此很熟悉，甚至开始牵挂。

虽然一生中碰到这样的人的概率很低，但每个人都会有这样的经历。和娟姐的相遇便是如此。

第一次见她，亲切、温暖、善良，和我想象的一般优雅知性，落落大方。接触下来，才发现，她好似一座金矿，里面藏着挖掘不完的宝藏。

从西安坐了几个小时的动车，风尘仆仆地赶到成都，已是正午时分。只是稍稍休息了两分钟，听说我想去成都市区的景点逛下。担忧着我一人出门不方便，便爽快地非要陪同我一起。即便这里曾是她多次到达的城市，市区的景点也都熟稔于心。

看着和母亲年龄相近的她，眼角间藏着一道道细纹，走起路来却丝毫不落后于我。对周围事物充斥着满满的好奇，拥有着孩童般的纯真。

一下午的时间里，我们一起在杜甫草堂里探索着关于这位伟大诗圣的传奇人生，寻找着那些荡气回肠的诗作名篇，感受着一代文豪的心路历程。

娟姐给我整理服饰，帮我拍照，在我们迷路时，一遍遍地在手机里找定位，寻出口。跟她出游，出现任何的问题，都不用担心。因为她都能沉着地应付过来。

娟姐来自十三朝古都西安，这是一个我曾无数次向往却还未到访过的城市。所以一路好奇地问了她许多关于西安古城的故事。她告诉我，无论走在古城的哪一个角落，脚下兴许都会踩着一个价值连城的宝物。因此，西安的地铁才修得特别慢。

对于旅游，她说道，西安绝对是特别好的去处。也正是在这样的环境下成长，她对文学、看书、写作，逐渐产生了浓厚的兴趣。

在行走的路上，她担心我走丢在人群中，始终用那双厚重温暖的手牵着我。所以游玩的每一天，都是轻松和愉快的。

在迪拜游的每天早上，酒店的门口会看到许多飞得极低的飞机，娟姐每次看后，都雀跃的像个孩子般，在地上跳跃着，并拉着我一起，给飞机拍了无数张不同角度的照片。目不转睛地欣赏着，极其满足和惬意。娟姐喜爱摄影，拍的每一张照片都很用心，找角度、调光圈，直到满意了才会迅速按下快门。虽不是专业摄影的，但看上去比专业的还认真。

娟姐退休时，和姐姐在西安开了一家公司。还兼职售卖一种学习机，很适合上学的儿童。为了方便自己和外国人的沟通，她把学习机从西安一直背到迪拜。我提着学习机，它尺寸不大，重量却很沉，我很吃惊，不知娟姐每天背着那么重的它是如何做到不嫌辛苦的。既然带过来了，本可以当着许多人面前，推销一下自己的学习机，也许有人需要。可她未曾向任何人展示过，只有和她住在一起的我才知道。询问她为何如此，她淡淡地说，不想让这段美好的友谊掺杂任何瑕疵。

在旅行中，她总是扮演着那个时时愿意为别人付出，事事为大家考虑的人。同行的伙伴都夸，她却不以为意："出门在外，这都是应该做的。"

慢慢接触后，我发现娟姐不仅善良，而且勤奋、努力、积极、乐观。她的品质里包含了我能想到的所有美好的词语。

在游玩了一整天后，回到宾馆，我早已累得筋疲力尽，全身犹如散架一般，不能动弹。就在我准备入睡时，发现娟姐嘴里振振有词地嘀咕着什么，上前一看，才发现，她还在学英语。

后来的每一天里，我发现，她不仅在学英语，还在学哲学。即便是出国游玩，依然每天坚持。遇见有几个英语单词不会读，她着急地直转悠，看上去既好笑又可爱。

忽然明白了那句被无数人提及的话：比你优秀的人确实是比你还努力，比你还拼。

娟姐告诉我，她们家很重视学习。在她的建议下，每个月都会召开家庭会议，交流一周的收获和学习心得，再规划一下自己的目标。每次开会，都会不断地分析、总结，相互鼓励。这样的会议持续了几年，也成了他们家的特色。女儿们比她还努力，虽然都在家住着，但彼此经常一两个星期里都见不到面。

然而所有事迹里，最让我羡慕并感动的是娟姐的爱情。

娟姐如今五十三岁，结婚已有二十九年。每次看到娟姐和她老公聊天，却像新婚夫妇一般，老公称呼她为"宝贝"，每天早晚都会嘱咐她注意安全，早上会告诉她别忘记带上出游的东西，晚上会告诉她早点休息。那些大多年轻人惯用的词语，"宝贝""晚安""好梦"，她老公每天都会说。作为一个单身女青年，站在一旁观看，令我羡煞不已。

青年人的爱情是美好的，是山盟海誓，是电光火石，是一片冰心在玉壶。虽让人羡慕，却充满未知，不知何时会有山洪海啸、狂风暴雨。甚至一些细微的生活琐事与鸡毛蒜皮，也会导致分崩离析的结果。

真正美好且令我向往的爱情，是白发苍苍时的一路陪伴。

在历经风风雨雨、世间冷暖后，仍能与你一起携手走过，在余下的岁月里安然同行。

这便是最好的爱情。

它能战胜时间，抵得住流年，经得起离别，受得住想念，惊艳了时光，温柔了岁月。它叫相濡以沫，叫白头偕老。

就在我表示无限的羡慕与感慨后，娟姐告诉了我很多她自己的故事。

年轻时的她曾十分自卑，没有考上大学，容貌也让她不自信。二十岁左右时，经人介绍，认识了她老公。那时他比她优秀太多。他念过大学，风趣幽默，相貌端庄，内敛沉稳。娟姐认为，自己配不上他。但她内心是喜欢他的，她不想就此放弃，所以要更加努力。

认识这样一位积极努力的女生，她老公被她的内在吸引了，并慢慢喜欢上了她。

她尽心尽力对待公婆，无微不至。从结婚到现在，老公家里人无一不对她表示夸赞。对待婆婆，她比对自己母亲还要贴心。婆婆生病，几个月里，她从早到晚，比婆婆的亲生女儿还要体贴，服侍吃饭喝水，在床前全心全意地照顾。婆婆的病慢慢好起来了。她把婆婆接回家，始终如一地给予照顾和宽慰。

自她嫁进婆婆家后，三十年来，没有与婆婆发生过任何争执。所有人都对她信任、敬重和感激。

娟姐告诉我，她之所以能够收获如此多的幸福，是因为她从未放弃过努力，一直向前。即使命运之初并未给她一副好牌，她靠着自己的努力和智慧，将其经营得日臻完美。

和娟姐相处的这些日子里，读懂了很多，也收获了太多。成长着，快乐着，进步着，幸福着。

我相信，在娟姐潜移默化的影响下，我会逐渐蜕变成为心目中理想的样子，如夕阳般温暖，如天空般宁静，内心丰盛安宁，性格澄澈豁达。

感谢这些美好的遇见，无论岁月如何流逝，珍惜这份缘分。如今，把这些美好诉诸笔端，封存在记忆深处。待时光流转，愿愈发香浓醇厚。

因为这样的相遇，是命运的馈赠，是生命齿轮转动时摩擦出的火花，是人间最美四月天里最繁盛的景色。

带父母去旅行——你是我见过最美的人

遇见她之前，我以为年轻漂亮是女性唯一骄傲的资本，我以为世界上最难听的成语叫年老色衰。

遇见她之前，我能想到的世上最浪漫的事便是与自己最爱的人一起牵手周游世界，把生活过得像诗和童话一般。

在遇见她以前，广西南宁对我而言，只是一个模糊且遥远的地域。那里似乎天气炎热，气候干燥，没有我喜欢的小桥流水，亦没有粉墙黛瓦。

遇见思语姐的那天，成都天气异常的晴好，迎面的风扑来，带着暖暖的笑意。街头巷陌，游人如织，热闹非凡。树木蓊郁，繁花似锦，春意融融。路边的迎春花一簇簇绽放着，散发着迷人的芳香，走在碎石子的路上，像是跌进了一个神奇的梦里。

午餐时，思语姐陪伴着刚从宽窄巷回来的父母一起，满脸喜悦地和我们一起围坐在餐桌旁。所有人都和他们开起了玩笑，像久别重逢的老友一般，温馨如故。

可其中一句却令我捉摸不透，"今天我们终于看到了全民岳父和岳母，平时在微信圈里天天见，今天算是见到本尊了"。大家齐齐说道，我有些好奇。

望着已不再年轻的老人和我们一起说说笑笑，仿佛是回到了自己家中一般，倍感轻松与惬意。

叔叔头发花白，个子很高，似乎一米八左右的他看上去格外精神。阿姨对我们的打趣总是微笑着，话不多，声音很是温柔，细细的，像娇羞的少女一般。

思语姐笑着向我们解释，叔叔阿姨是客家人，不太会说普通话，所以他们看上去总是沉默着。后来才知道，原来思语姐来自广西南宁，是客家人，说的是好听的带有粤语腔的普通话。她极其爱笑，身材高挑，温柔美丽。谈笑间不仅有着成熟女孩的优雅气质，更有小女生的天真可爱。

然而真正让我由衷感叹并敬佩的是，她对父母的那份满满的爱，并非一般人所能达到。即使在这之前在电视或杂志上看过那么多有关孝顺老人的故事，但都不及我目睹着思语姐和叔叔阿姨相处时的点点滴滴，可以被称得上是教科书般的标准，教人如何尊重老人以及怎样和老人相处。

打开思语姐的社交账号，一览无遗的都是她和叔叔阿姨日常相处的画面，看完后只觉得心底暖暖的，像一袭春风荡漾在心底深处。

我逐渐明白为何大家都称她为国民闺女，称叔叔阿姨为国民岳父岳母。因为，她的世界里满满的都是父母。

每个月思语姐都会带着父母一起旅游。如今，他们的足迹已遍布无数的地方。从国内到国外，从天涯到海角。时间短暂却又漫长，于思语而言，都是在路上或准备在路上的日子。

这似乎正诠释了那句，最好的告白便是最长情的陪伴。

每次看到纵使不再年轻的思语姐，和父母在一起却依然像个孩子般单纯，笑得没心没肺，时而和叔叔阿姨撒娇。那仿佛是我见过最生动的画面。

我常想，如若自己到了这样的年龄，是否依然会保持这样年轻的心态呢？有着这样好的耐心与恒心呢？

我陷入了沉思。

和思语姐聊天后，我问她，为何会常常把年迈的父母带着一起旅行呢？

她告诉我，因为看着他们幸福的样子，自己也感到幸福了。回忆我们在迪拜的旅行，叔叔阿姨每天都心情愉悦，其乐融融的。我想这便是思语姐想要和期待的幸福吧。

思语姐告诉我，必须要先学会做人，再做事。而做人最基本的就是尊老爱幼，对父母好是最根本的。受她的影响，她的儿子，她的兄弟姐妹，她的很多家人，无一不孝顺，无一不对父母好。

她一直喜欢美好的事物。因为相信心怀美好，必会被岁月温柔以待。然，她不仅相信美好，也是以这样的方式去行动的。

旅途中，一直开着大巴的司机师傅看上去家境不太好，工作却非常认真负责。思语姐见他如此辛苦，在旅行结束时，默默地给他送去关怀。

这一路旅程，她用心浇灌着善良，也收获了美好。

想到现代思想家马一浮先生诗中的一句"已识乾坤大，犹怜草木青"。她们感知人间，永怀慈悲，灵魂如水晶一般明亮。

如果用美丽、善良、孝顺这些词来形容思语姐是不够的。因为爱看书写作的她，文笔优美，才华横溢，在书写美文的领悟里，她的笔力是首屈一指的。

而如此深厚的文化积淀是她将所有闲暇时间的应酬一一推去，只愿做一个在窗前看书写作的简单女子，而这也是她多年不曾改变的习惯。

玉汝于成，功不唐捐。

那些诉诸笔端的丰富辞藻，那些涤荡在每一位读者心灵的句子，那些不经意间便会出现在脑海里的哲理，都是来自她灵魂深处的声音，更是她对世界和人生的认知与感悟。

虽不多时间与思语姐相处，却让我明白了受用一生的道理。

如今，我懂得世上最浪漫的事是牵着父母的手周游世界，给他们以陪伴与温暖。你养我长大，我陪你到老。

我懂得，真正的美绝非容颜上的无可挑剔，而是那些闪闪发光的内在品质。

而广西南宁，已成为内心深处一坐无比向往的城市。因为有思语姐在的地方，一定是鸟语花香，岁月静好的。

年华里最美好的相遇，是文字亦是友人

坐在火车上，望向窗外，葱茏的绿色从眼前闪过又慢慢退去，午后三点的阳光依然绚烂，照得使人眼睁不开。来来往往和行色匆匆的人们，彼此在自己的世界里互不相扰，车厢里依旧喧嚣嘈杂。可我知道，当火车驶向远方，一切的绚烂终将进入黑暗，就像此时的繁华也会逐渐转为宁静，而我又将回到循规蹈矩的生活里。即便多么想紧紧抓住此时此刻的幸福，可那幸福依旧是转瞬即逝的。唯有将它们装裱在记忆的相框里，因为这欢喜值得我一遍又一遍地咀嚼和回味。

今天是九月二日，回想下，写文已两年有余，零零散散也有好几十万字。春有百花秋有月，夏有凉风冬有雪，时间如白驹过隙，无影无踪。无数个孤寂的夜晚，是那些跳跃并带有诗意和情感的文字伴随着我度过了一个个喧嚣抑或单调的日子。现在想起来，曾经向好友承诺过的誓言竟然实现了。我想之所以能够坚持，大抵来说，热爱文字是最大的动力。

江河湖海藏于心，人生有诗不觉寒。白发戴花君莫笑，岁月从不败

美人。从朗读者到诗词大会，从唐诗到宋词，从路遥到唐家三少，不仅痴迷上了文字和文学，只要与之相关的，都不肯错过。一向活泼好动的我竟然可以安静地坐在窗前看上一整天的书，并沉迷其中。

母亲给我起的名字里有一个静字，原来我是排斥的，因为我从来不曾安静过。可历来经验告诉我：一般人的名字和人的性格往往是息息相关的。如今，我知道没有比这个静字更般配于我。

周围一个和我十分要好的同事，前些天告诉我"你变了，静静"！她语气肯定，连眼神里都能看出一种疑惑的韵味。是的，以前的我怎么可能和同事一起探讨诗词一个小时呢！以前的我怎么可能每天下班后，哪里都不去，只是回来看书呢！有位作家说，写作是与自己的灵魂交谈，借此把外在的生命经历转变成内在的心灵财富。一个人就像一支队伍，对着自己的头脑和心灵招兵买马，不气馁，有召唤，爱自由。它确实是一项苦差事！

有时想，朋友们在聚会时我在看书，朋友们在娱乐时我在看书，心里就会问自己，值得吗？就这点水平还真想成为作者吗？其实我动摇过，也有过想放弃的时候。但每当那些文字像精灵般从笔下慢慢跳跃出来时，便能生出"怕什么真理无穷，进一寸有一寸欢喜"的充实感。那欢喜一直能伴人入眠，直到进入梦乡。其幸福感与曾经在大学努力很久后拿到了导游证和英语六级证书是可以相媲美的。

认识的一紫，她一直像隐者一般，过着采菊东篱下，悠然见南山的田园生活。只是她的菊是那精灵一般的文字，她的南山是那璀璨的书罢了。她曾说，母亲和她说的最多的话便是："少熬夜，皮肤会变差。"父亲则会说："爱好文学是好事，但不要沉迷进去了。"虽然，他们的话极其对，可她却从来都听不进去，依然固执地熬夜，固执地沉迷，除却工作，便是文字。周边人说："你的心里只有文字！"兴许是之前自己不够努力，现在想拼命弥补吧，所以总要舍去点什么的！

起初，对她这样的生活不理解，现在却能完全体会了。

心有良田，春华秋实！在写作上除却灵魂或是精神上的收获，那最浓墨重彩的一笔便是认识了很多至善至信的文友。不，现在叫文友或许显得生分了，我们应该算得上是真正的朋友了。

昨天和齐齐老师、蒋老师一起参加一格的婚礼，便是彼此友谊更深一步的最好见证。结婚是一个人人生中最重要的事情，一定会想邀请生命中最重要的人去参加，所以我们是何等荣幸！大家都从各自的家乡，奔赴百里前往，也目睹了一场美轮美奂的婚礼，亦是一场异常豪华的婚礼。新郎帅气翩翩、儒雅清秀、温润如玉，和亭亭玉立、才华横溢、婀娜动人的一格是极其相配的，似乎上帝极其眷顾这对恋人，让他们在最美好的年华遇见彼此，成就了一段爱情佳话。齐齐老师问我，看见一格的婚礼后有什么想法，是的，但好像太多了，一时说不完，只有一句是一定要说的，那就是女孩一定要像一格一般让自己优秀起来，今后的路才会越走越好。一格擅长插画、摄影、写作，明明可以靠颜值吃饭，却偏偏要靠才华。

此次相见，是和齐齐老师的第三次见面，也是和蒋老师的第四次见面。和文友的相聚占用了我大多的外出时光。一天，父亲知道我要去见文友了，便对我说："你们这些写文章的人确实都很善良呀！"的确，基本每次和文友见面都会跟父母说，他们也会支持我。久而久之，他们也知道桐城有个齐齐老师，苏州有个蒋坤元老师。

齐齐老师对我的影响是无人能及的，同样她对我的帮助亦是如此。我无数次揣摩着一个初中毕业的女生，是如何通过写文章改变了自己的命运，影响了周围数以千计的大学生们。我对她说过的最多一句话便是："齐齐姐，你让我看到希望了。"这希望是写作上的，亦是今后的人生旅途上的。齐齐能走到今天，除了努力、机遇、聪慧等，更多的便是她那颗无私和善良的心灵。她将所有热爱写作的学员看作自己的亲人一般，言无不知，知无不言。所以，我们对她都是敬爱有加的。同时我们也是一支队伍，每个人都在向前，都在阔步，越走越远，越走越好。

和蒋老师见过四次。他的光环多得让我数不过来，但是光环再多，也都是他在某些领域获得过的成绩，而我们能够成为朋友很大程度上还是取决于他的为人。

就像无数个爱好写作的朋友一样，蒋老师亦有一颗平易近人、博大无私的心。待人真诚善良，给予无数写作爱好者倾心的帮助，在写作上更是勤奋努力，从不懈怠。一颗恒心，坚持三十芳华如故。六十韶光，人生唯有两事，写作与开厂。而其他玩乐，甚少参与，所以蒋老师能取得成绩，也是天道酬勤吧！

晚上，从婚礼现场回到入住酒店，我和齐齐老师同睡一屋，能和心中的老师近距离接触，是由衷激动和雀跃的。我们聊到很晚，大多是围绕着写作，基本是齐齐老师说，我全神贯注地听。齐齐老师接触写作时间比我早，也带过很多学员，给学员们都上过课，我像一个小学生听老师说故事一样，很是入迷。齐齐老师分享了她的心得，她的收获，同时还有她的烦恼。我只能感叹，每个成功人士的背后都有不为人知的坎坷和辛酸吧！当然更多的依然是"听君一席话，胜读十年书"。我想，可能今晚的一席话一定是我今后走向未来更大成功中不可或缺的重要一笔。

我来芜湖很多次，但觉得这次是最有意义的。虽然天气炎热，在方特门口苦等半个小时打不到出租车。但游玩很是尽兴，我们去了芜湖最具有代表性的景点，方特乐园和步行街，买了芜湖最出名的傻子瓜子，坐上了回家的早班车。虽意犹未尽，念念不舍，但有点缺憾不正是另一种完美嘛！

希望所有爱好文学之人都能在文字中找到一个更好的自我，成就一个华丽的人生。

文学盛宴之花，在甪直华丽绽放

苏州，我与您再次相遇了。

几年前这里于我还是一个全然陌生的环境，彼时只知道它是一个悠久的历史古城，娟秀典雅，灵气逼人。我与它的相遇不过是在一页页描述它的书册里，是在隔着屏幕的电视画面上，是在列车路过时站台里传出的报站声。

而今，置身于这座城市时，却有一种久违的熟悉感，曲折蜿蜒的河流纵横交错，亭台楼阁，轩榭廊舫。低矮的建筑并不壮观，黑白的城市色调也不靓丽，它低调得似乎与周遭的世界格格不入，却又有着自己符号与特色。因为它的使命——永久地延续着它的风格与文化特色。

在苏州停留了三天，和众好友道别后，踏上了回程的车，此次回家的列车站是北站。站在车站前，有种隐隐的不舍，回想着每次的到来，都是兴致勃勃、激情澎湃的。而回程的心情却像倦鸟归林般，乐不思蜀。看着偌大的北站，我与这里算是缘分颇深，苏州的南站、西站、北站，我的足迹都已抵达。而这里所有的知名景点，拙政园、留园、狮子林、

107

博物馆、三唐街和诚品书店等，也从几年前的全然陌生到如今的逐一到访。

栩栩如生如这座城市，质朴洁净如这座城市，人来人往亦如这座城市。

来苏州如此频繁，只因在人来人往中认识了你们。

我想，这是若干年回想起，都会让我为之感动的往事，都会激起我无限情愫的回忆。

人的一生那么长，世界斑斓多变，能笃定要记住一辈子的人和事不多，您一定是那为数不多中的一位。当然，还有有趣的你们。

该用什么词形容您呢？

我找不到，十全十美吗？您显然不需要这样的词来证明自己，成功的企业家抑或是成功的作家，好像又都不能。我羞愧于词汇量的匮乏，竟找不到一个精准的词去形容您。

蒋老师，您做到了。

直到去了您新书发布会的地点甪直，去甪直的叶圣陶纪念馆，也为全面完整的了解叶圣陶的人生事迹。时至今日，我们无数人都在瞻仰着这位伟人的事迹，高山远止，景行行止。能被世世代代的后人们尊敬，一定是因为他的品行，他的浩然正气，他的德才兼备，他的功成名就。我的脑海里再次浮现了您的身影，是的，您确实像极了这位伟大的教育家，一贯的对自身有着超乎标准的严苛要求。做人、做事，当是如此。尤其是在现今喧嚣浮躁的社会，为无数年轻人树立榜样。

和之前独自一人背着行囊就出发有所不同。此次，是与母亲和姐姐三人同去苏州，去和全国各地七十多位文友一起见证这场文学盛宴——《沉到河底就能采到珍珠》《四十才是青春》的新书发布会。

关于这场文学盛宴，我期待已久，因此在前往苏州的车上既兴奋又激动。

然，此时坐在归家车上，再次回忆这场文学盛宴，感受到的是我无法用词汇去描述出的一种难忘和感动。

新书发布会选址在苏州甪直，甪直是一座与苏州古城同龄，具有两千五百多年历史的中国水乡文化古镇，风景优美，名胜景点众多。特地选址于此是为了次日更方便于众人在此处游玩，欣赏江南的独特美景。

这是您花了很多心血去设计的一场新书发布会，在我们到达之前。您在管理企业，在勤勉写作的繁忙时间中抽出宝贵的时间来布置会场。

新书发布会的整个举办过程，让我们所有人为之震撼，酒店外一张巨大签到板上留下了所有到访文友的姓名。像明星签完名，走完红地毯，接下来便是去酒店的会议室参加正式的新书发布会。

现场人群已让偌大的会议室挤得水泄不通，人群满满当当。有主持人，有分享嘉宾，也有才艺表演，还有游戏节目。会上的精彩表演让我们聆听者都如痴如醉，被现场的气氛所感染。这里甚至吸引了餐厅很多外来客人前来观看。

发布会用时超过了我们之前的计划。因为每个写文的人内心都有太多的话想要去倾诉、去分享。最后，齐齐老师不得不让后面的老师，将发言控制在十分钟以内。

嘉宾分享环节里，那些熟悉的人，站在讲台上去分享他们的故事时，每个人脸上都呈现出自信、成功、幸福的光芒。可成功的过程总是漫长的，是难熬的。却也是享受的，是快乐的。

成悦老师，从广西南宁出发。两千多公里的路程，她拖着尚未康复的身体，和刚满六周岁的女儿，于上午十一点钟抵达苏州，却仅仅停留不到一整日，次日凌晨又赶回广西南宁，以致很多文友想面对面请教一些问题，都没有机会。

成悦老师曾说过一句话："她不怕吃苦，就怕没有苦吃。"这句话，我始终牢记。

一个那么娇小柔弱的女子，两个孩子的妈妈。作为一名女性、作为一位母亲，她难道不愿意享受美好的人生吗？她难道不愿意每日过着诗词歌赋、优雅浪漫的生活吗？

只是，因为有这么多的读者，有这么多双期待的眼神。她不能懈怠，她必须努力奋斗，她必须无畏无惧，她必须落笔生花。她要做读者心中的榜样，给他们以信心、希望，以及榜样的力量。

于是，她必须强悍，她只能强悍。

认识成悦老师两年了，她是一个言必信，行必果之人。以惊人的毅力达到了一般人都无法想象的高度。她带着两个女儿，大宝六岁、小宝两岁。丈夫常在外工作，她自己也要工作。然而，她每天还要更文、阅读、上课，样样都做得出色。可纵观身边很多人，哪怕其中一样，也不能做好。

分享课上，她讲了一个《毛毛虫蜕变成花蝴蝶》的故事，故事的主角是她自己。将近一个小时的自述，概括了她三十多年波澜起伏的人生，有低谷也有高潮。说到动容之处，她几度落泪，我也眼眶泛酸，泪水浸湿双眼，被这样一个坚强、励志、勇敢的女孩所打动。

即便身体严重受伤，在医院里，她用一只手书写，也能一天完成五千字的文章，而且是相当好的文章。试问，能够对自己这般自律、严苛要求的女子，还有什么苦是吃不了的呢？

即便之前的她已优秀到无数人敬仰，她曾在北大就读，丈夫亦是北大的研究生。越优秀，越努力，越努力，也越幸运。

她破茧成蝶，三年多的写作时间，让她在积累财富的同时也积累了很多福报。她说，这是写作带给我的，也是善良带给我的。

成悦老师说，她非常开心每年都会和我们聚一次。我想，这种相聚必会永久地持续着。

和成悦一样，从不远千里而到的还有来自北京的若水老师。

她本是一位明眸皓齿、肤若凝脂的"85后"女生，却戏称自己为职场女"教授"。2010年中文系毕业的她，已做了将近十年的文字工作，相对于传统文学的爱好者，"教授"却在文字的商业领域里开辟了属于自己的领域。她自信、博识、开朗，短短的一段分享，便让大家从内心钦佩，钦佩她强大的舞台气场与较好的口才。

不禁感叹，真是集才华和美貌于一身的女子，却又是拼命到无人能及。此次的发布会，这样的女子举不胜举，小隐、玉琼、茶诗花、齐梅齐、王雪琴等，拥有着无人能及的才华与拼命向上的斗志。与她们的认识，常常感叹，人生原本还可以这般丰富多彩，这般绚烂多姿。

小隐是常居苏州的女子，每一次的相见，她亦是简言素语，着一身古典风格裙装，长发飘飘，衣袂翩翩，像极了从古时穿越而来。

她出版了两本散文集，学习古筝十余年，闲时摄影绣花，她的文字如她一般，读后有江南水乡的秀美风情。此时的她，早已是无数女孩心中理想的样子。

玉琼和小隐一样，我们均已认识两年了，这次发布会由她和"铁扇公主"一起主持。

每次的相见，她都能给我们带来惊喜，感叹着，玉琼原来还有这样的一面。即使认识这么久，仍是没全然地了解她。

她学习钢琴十年，跳舞四年，会唱歌，会主持，做过电台DJ，与此同时，她亦快要游遍中国大多的省市，闲暇时间里喜欢骑马，参加汉服表演，1994年苏大毕业的工科IT女生，还在书写着自己的公众号。她丰富的人生阅历、满腹的才华，让我感叹着，原来，这样的人生不仅不累，却更是有趣。

还记得上次去莫干山的旅行，也是因为看了玉琼的莫干山游记，被她的文字感染着，很快便去了一趟莫干山。

大概，用优秀来形容玉琼，还是有些差强人意的，那个词应该是卓越更合适吧。

我想，齐齐老师应该是最幸福的那位，我们因她而相聚于此，因她而认识彼此，她就像一根看不见的线，将来自于全国各地彼此陌生的我们牵系在一起。

聆听着齐齐的分享，她的演讲，在古色古香的苏州，她内敛、多愁善感的一面很快和这个城市的气质糅合在一起。此时的她，忧郁、多情、感怀，和之前那个自信阳光的她判若两人。常年醉心于文字的世界，她的身上自是流露着不俗的气质与品味。一颦一笑，都极其动人。

分享会的最后一个环节，是由齐齐设计的全体合唱《相亲相爱的一家人》。我们七十多人在会议室里围成一个大圆，手牵手绕着会议场走着，"因为我们是一家人，相亲相爱的一家人，有福同享，有难就要同当，让相知相守换地久天长"，本是一首熟悉的老歌，但在那样的环境里，大家牵着手一起附和着旋律，都是一边笑着一边泪眼盈盈。我们来自七十多个不同的城市，能够同处于一处，是前世多少次的回眸和擦肩而过而换来的缘分呀。

现在，因蒋老师而来，因齐齐而来。

未来，因文字而来，因理想而来。

任何一次盛会的举办，都少不了那些在背后默默付出的人们。

晓燕老师，兼当此次聚会的后勤主任，她负责接洽所有人的到来，安排所有的吃宿事宜。我们几乎在三个月前都开始麻烦着晓燕老师，几乎隔几天就换着一种说法，频繁更改着计划，晓燕老师都不厌其烦，一一帮助大家修改表格里的行程。活动那天，她更是携带着全家过来帮忙，默默无闻地付出，只因想要这次盛会圆满地举行。

默默付出的还有已怀有七个月身孕的陌上尘，她虽行走极度缓慢，仍坚持去车站接了几位初次到访苏州的友人。在我们离开苏州的第三天，她赶到拙政园为我们送行，请所有人吃特色的苏州美食。

陌上尘是国家阅读推广人，是个定居在苏州的湖北女孩。她文采飞扬，文笔每每令我们感叹，中文系毕业的女孩确实是与众不同的。

娇小美丽的她，在苏州亦已逐渐习惯，亦过着自己理想的美满生活。

愿每位在异乡打拼的女孩，都能如陌上尘一般，拥有幸福阳光般的生活。

慧慧妹妹和雪梅姐是平常与我聊天较多的朋友，未到之前，她们已给我发许多信息，着急我怎么还不到访，看到她们的那刻，有着久别重逢的惊喜。

慧慧、雪梅与我性格相仿，我们都是极度热爱美好，又是那种不愿安于现状之人。乐观并坚定地认为，只要努力，人生定会更加精彩。

慧慧妹妹是一位辅导机构的老师。见面之年是她收获颇丰的一年，她不仅考取了教师资格证，去了很多心仪已久的城市，还知晓了人生很多的道理。她有个十多岁的女儿，却看上去还像是少女一般。她一向乐观积极，阳光明媚，给人善意的温暖。

雪梅姐是我们年轻人向往的偶像。若干年后，希望待我们到了雪梅姐那般的年纪，仍然能拥有一颗诗意的心灵，一颗热爱文学的心，一颗永不老去心。能让所有人喜欢、尊敬、爱戴，人生本是一次永久的学习过程，一边学习一边享受应是最好的姿态。

感恩蒋老师，感恩所有的遇见，感恩缘分，让我们相聚在此。

生命中有很多特定的刹那，都像一首美丽的诗，没有起始，没有终结。

感谢生命中的缘分，让我遇见你们。自此，生命中有了温暖！人生多了阳光！命运不断增色！

山中游记

《旅行的艺术》里说旅行并不过多地依靠外界环境，重要在于个人的心境。真正让我对这句话颇为认同的是两天的绩溪旌德之旅。方才明白，愉悦与环境无关，与心境有关。

对于旅途，如果期望过高，通常会有失望。反之，期望不高，反而会有意料之外的惊喜。

此次之行，是我众多旅途中期望值最低的一次，本想着只是出去换个地方散散心而已，却是收获了一路的惊喜与希望。

五月的风，像婴儿的手一样温暖地抚摸着我们。阳光温润，碧空下的云朵澄澈如洗，一如浸在丽水中一般。行车所经之处，是怎样都看不够的江南美景。道路两旁皆是粗壮的梧桐，夹道欢迎着远方的客人。目之所及，皆是最经典的徽派民居，古色古香，别具一格，在葱茏的树林中，若隐若现，神秘又梦幻。

透过窗户，看着从眼前跃过的古村落，像世外桃源般安然静好。田间里有水牛正埋头吃草，扛着锄头的老农不疾不徐地在田埂上行走，村旁的小卖部旁站着三三两两的村民，漫不经心地谈笑浅乐。村里的节奏像是比喧嚣热闹的外界慢了些，身在其中的人们脸上浮现出的都是淡淡的笑容，整个村庄像是被笼罩在一层暖黄色的光芒下，散发着一片安详的静谧。我向好友说，以后老了，一定要来这样的村庄里生活，盖几间瓦屋，养很多花花草草，培育一个属于自己的小庄园，便是任何地方都比不上的风景秀丽、宁静安详。

绩溪如友所言，是一个并不算大的县城，在城里行走时，经常会有种错觉，是不是误入了哪个不知名的偏僻村落。然而，就是这样特殊的地理位置，才让我对它格外倾心。

住在这里的人是惬意的，县城虽不大，设施设备一应俱全，从老街到新区，古徽州的特色街铺逐渐变成新式的时尚步行街。漫步其中，有着多元交汇式的体验。无论是街店上悬挂着的复古门牌，还是小区里每家院子门上别出心裁的对联，很容易就让人感受到居住其中的人之用心。并不嘈杂的环境，有着韵律般的节奏，像是游走在异国他乡的一个文艺小镇，脚步停下来，便再也不想移动半分。

傍晚时分，天边被云霞染成绯红，穿着丝质的薄衫，有微风拂过，不远处有一座古桥，人们若无其事地行走其上，再远处，是一块块的水田，绿色的庄稼在渐渐淡去的日色里依然生机勃勃。此时，身体与心灵都仿佛被安置于一处陌生却温暖的地方，是一种从未有过的踏实感。

这个小小的县城像是一位神秘传奇的女子，不仅有着姣好的面容，更有着丰盈秀美的内在。它的人文历史和文化积淀使我们对它更为崇拜和肃然起敬了。

在朋友的带领下，我们一起游览了几处较为有代表性的景点。龙川景区与郭山大峡谷。不同于之前的概览式观光，此行带给我的是一次印象刻骨的感受。

龙川景区傍河而建，循着河一直走下去，便是景区的终点处。此次

115

游览的人虽有很多，却并不拥挤，大概是徽州的所有事物给人的印象总是静谧和温暖的。

它是一处始建于明代中期的家族祠堂，属于胡氏家族祭祀祖先、议决族内大事的场所。这里曾经是许多名人的居住地。听着导游的讲解，联想着一路见之的秀丽山水，眼前的景色仿佛更加灵动亲切了。绩溪县虽然不大，但历史上却出过不少名人，尤其以胡姓为多。如北宋名臣胡舜陟、南宋文学家胡仔、明朝户部尚书胡富和兵部尚书胡宗宪、清代徽墨名家胡天注和红顶商人胡雪岩、近现代著名学者胡铁花和胡适等都出自绩溪的胡氏家族。住在这里的胡氏子孙们无一不为之骄傲和自豪。

我们沿着景区向前，像是在小河边漫步，有售卖笋干、苦菊、书画的小贩，也有在景区建筑边驻足浏览的人群，每个人都有着各自的关注点，也有着独特的欢喜。

我想，在这片纯洁热忱的沃土里滋养出的有志之士，会伴随着世世代代、子子孙孙们成长的步伐，给他们以激励和勇气，去尝试更加广阔的世界，奔赴在更远的道路上。

感受着丰富的人文历史，紧接着便去了以秀美自然风光著称的鄣山大峡谷。

大峡谷陡峭险峻，远远的向下凝视，胆小的人便会不自觉地颤抖着。游览车沿着一条小道向上，有飞溅的瀑布和嶙峋的悬崖绝壁。小胡坐在游览车外端，紧挨着悬崖的边缘，车子开得飞快。他紧张地大呼着，表情凝重却又享受其中。在海拔很高的悬崖上小胡只要只身一倾，便是万丈深渊，他笑中带泪地说道，仅仅是坐上这一趟车，票价便也值得了。

山上的空气有些潮湿和阴冷，阳光透过丛林密布的枝丫照在身上，恍若饮上一杯自制的牛奶咖啡，暖融融的，熨帖在心里。飞流的瀑布从峭壁湍流而下，溅起的浪花像晶莹剔透的珍珠，穿过苍穹，落在礁石、花草、河水深处，汇聚成下一道更为壮丽的飞瀑。

沿着石子路往下走去，像是在画里行走一般，早已醉倒在这仙境一般的峡谷之中。不免感慨，现在的自然风景并不优于古代诗人们遍历过的名山大川，他们途经此地时内心又是怎样的一种心潮澎湃，我想，那些荡气回肠的诗句便是最好的说明。

我们一行人走得很慢，兴致盎然时，会绕过那条规则的大道，去走那些人迹罕至的小路，坐在礁石上，看瀑布挂前川的惊心动魄。

第二天去的旌德与绩溪又是一番全然不同的感受。

中国画里的乡村自是要颁发给这里的，那远处的一处处风景，像是恰到好处地排列着的，错落有致，匠心独运。我对友说，拿着手机随意地拍，无需任何美图和修饰，便是一副纯天然的风景图。树林的密布把天空染上了一片淡绿，灰墙黛瓦的古朴建筑像是镶嵌在绿色幕布上的山水画卷，这丝毫未受污染的天籁般的自然风光给尘世中的喧嚣心灵最好的一处洗涤与慰藉。

除却邂逅这自然的风光，五一的假期里，与友在路上迎来了无数来往的结婚车辆。扎满花的车在迎亲队伍里很是明显，后面紧跟着一辆辆崭新的车，节奏很是整齐。此时的心情很快便愉悦了起来。我兴致勃勃地数了下，共有十辆婚车，寻常的日子仿佛一下变得甜蜜和圆满了。

校园的操场依山而建，从山上远眺，能俯瞰到城里的全貌，云烟深处的乡村，在画里难寻，在梦境中难寻，却是我此刻最真实的感受。

在那里每一寸的时光都是曼妙无穷、美好欢愉的。

翻开记忆，这份如梦般的岁月和足迹已被深锁，耐人寻味，隽久悠长。

又见苏州

我们喜欢一个城市，不仅因为这座城市本身的风景名胜与特色之处，还应包括我们与这座城市的故事以及这些故事里的人和物。

到访的城市总是目不暇接，像看过的书一样，能让我一直记住、恒刻在脑海深处的，从来不取决于城市的繁华与旖旎，就像从不关乎书本是否为名家或畅销作者所著一样。

能让我清晰记住的，更多的恰恰是城市里那些有趣和温暖的人。

又是一年初夏至。

湛蓝的天空下，草木皆盛，藤蔓绕屋，树影斑斑驳驳。亭台楼榭巷弄，绿荫庇处，传来赏游人的欢笑声与脚步声。繁花簇拥，鲜妍夺目，灿然卓立。

穿巡在初夏的景色里，美好的记忆总是在不经意间从脑海浮出。

去年的此时，我在苏州遇良师、见益友，在平江路里领悟江南浓厚的文艺气息，在琳琅满目的街巷里迟迟驻足。

这一去，就是三次，在苏州，在阳澄湖畔，在它的毗邻之处。

118

因苏州的无可替代，更因这里有那么多的友人。不多日的相处，却是刻骨铭心的记忆。

婧姐温柔爱笑，和她聊天如沐春风，本以为她生活得幸福美满，却不知其生活的艰辛，她却报之以歌。几年前患有抑郁症的她，在长时间的治疗后终于走出低谷，却被告知孩子患有自闭症，是很严重的那种类型。婧姐辞职在家，每天将全部的时间用来照顾儿子，日日换着样式地做早餐，从未重复。教孩子画画，那一张张简单的画儿，只要是出自儿子之手，她都全部保存，这些都成为她幸福的最大源泉。长久的，婧姐的绘画天赋也被发掘，她欢喜得像个孩子，仿佛是生命焕发了新的活力与朝气，幸福于她而言，竟是那样简单和纯粹。

婧姐的温柔和笑容，是我在其他人身上从未感受到的，以至于从苏州回来的日子里，还经常记挂着她和她孩子的事。

只是后来，无意间看到一张照片，是婧姐坐在医院床旁的一张照片，她依然笑的灿然亲切，身旁的儿子穿着病服，面容憔悴，精神欠佳，却和婧姐一般，将阳光和暖意传递给人们。

娟姐大我几岁，与苏州见面也是我与她的第一次相见。

一行人里，她来得有些晚。

当蒋老师领着娟姐进来时，她有些愧疚地看着我们，向所有人致以歉意。站在众人面前，她倒并不拘促，落落大方。本就高挑纤弱，说话的语气却愈发掷地有力，叫人不得不注视着她，着实有些佩服的。

娟姐几年前从北方嫁来南方。比南方人有过之而无不及的是，她对江南水乡的热爱愈发浓稠，像化不开的墨一般。

工作的繁忙，日常的琐事，我们只是有着偶尔的联系。我知道如今娟姐有了二宝，自己的事业也做得有声有色，生活如蜜一般。

记忆深刻的友人，还有很多……

一年时光的流逝，并未冲淡了人事的记忆，也始终清楚记得我们的约定。

因为坚信，这个约定必将会兑现。

一年时光，恍若一瞬。

这一年里，看到了太多人的努力，有被丰厚回馈的，也有仍寂寂无闻，却始终坚持，不曾放弃的。

蒋老师在做企业之余，仍是坚持每日笔耕不辍，勤勉依旧，新书也不断地出版。这样的毅力对于年过半百的他，非常难得，这是让我们最崇拜、最感动之处。

他曾说，这辈子只做两件事，做企业与写文章。如今这两件也是他毕生最引以为傲、最有成就感的事。它们占用了他大半辈子的心血，如今已成为一种习惯。倘若每日不写字、不阅读，于蒋老师而言，像是三餐未食那般，极不自然。

这一年里，我们各自的生活都发生着些微妙的变化。

当初的梦想清单，在一个个的实现着，那些想要达到的目标，在各自的努力下，也都势如破竹，全然地绽放着。

这一年里，玉琼在工作之余，始终在路上行走着，脚步遍及她期待与欢喜的每一处。喜欢汉服的她，将爱好淋漓尽致地诠释，她希望做一个始终坚守初心的人，做一个梦想的追逐者。

这一年里，雪梅姐，在工作之余依然忙着码字，忙着在艺术殿堂里来回穿梭。有点遗憾的是，曾无数次答应要去上海看望她的我，却总是在各种琐事中周旋。竟连两天完整的闲暇日也没有腾出，兑现承诺。

但和雪梅姐的关系，却日渐加深。那些内心深处的想法，不敢与亲人与好友倾诉的心声，在每每与雪梅姐畅言过后，却有着另一番不同的感悟与见解。

那些常听人说起的大道理，通过雪梅姐的讲解，总会让我觉得如醍醍灌顶，瞬间通透豁然。

人的一生，一大半时间都是枯燥的，高光时刻是极少的。而所谓的幸福也有不同，有持续长久的，有转瞬即逝的。而通过长久努力后达成的幸福感，必是能持久的。

一年、两年只是其中的一个阶段而已。

前些天，收到雪梅姐和玉琼发来的信息。寒暄后，便是问着下次相聚的约定。期待着与她们一起同行。

不知不觉，年已过半，回想着，年初的愿望是否能如期实现？那些梦想的清单是否被划下一道道深深的横线？和好友们的约定又是否能一一兑现了呢？

期待着这样的相聚。

让寻常的日子变得极富意义，让生活多一缕阳光与温暖。让这一年的努力与付出有所回馈，让约定成为联系友谊的纽带。

莫干山之行

去往莫干山的路途，有着纯粹又繁盛的风景，好看得让我忘了此次真正要到访的目的地。

原来，旅途的乐趣从不在于我们将要抵达的终点，而是沿途的风景以及看风景的心情。

六月的天气，没有盛夏的燥热，亦没有初夏里不经意间透露出的微凉寒意。暖风如絮，绿意葱茏。慵懒的午后，巷弄前的石子路上有乱入的猫，枕着夏日的光酣然入梦。

日日穿梭在高楼里繁忙的人们，与自然的接触仅局限在晨暮间上下班的路途中。道路两旁的树叶绿了又黄，花儿开了又谢。四季更替，于我们最深的感知仅在于一日日或薄或厚的外套，是深植于内心，永远憧憬的春花秋叶和夏风冬雪。于是，我们不再对外界变幻多彩的景色感兴趣，不再好奇于生命在自然规律里的重生和消逝。

不知从何时起，眼里暗沉，心中无光，生活变得黯淡。

蓦然想起，多年前那个富于朝气、永远充满活力的自己。

是因为心中早已蒙上了一层薄薄的雾霭吗？

于是，适当的外出，偶尔的旅行，周末闲暇时的放松成为我们再次和自然、和内心接触的端口。

出发是一场深思熟虑，观望已久的计划，出行地却是天南地北，无需多加的选择之地。

因为每一处都有着各自独特的吸引力与魅力，是怎样都不想错过的风景。

想去的地方多得自己都不敢想象。高山峻岭，江河湖海，任意一处，都是在脑海里稍微思考下，就想立刻出发，马上可以到达的远方。

莫干山，是在好友的游记上看到的，于我工作的位置相距并不远，且有着让人流连忘返的地理风貌，倘若不前往一番，岂不是辜负了这样得天独厚的地理优势？

可即便是还未到达真正的目的地，沿途的风光早已将我那颗尘封已久的晦涩心灵重新丰盈。喧嚣里的静谧，繁忙琐事里的忙里偷闲，是时光里真正的惬意。

出发是任性随意的，下午三时驱车前往目的地。我笑称，这是一次再也不能任性的旅行。

巧妙之处便是，所有的一切都和我的节奏保持着一致。

午后的阳光一点也不耀眼，是莫文蔚的歌曲《阴天》里的思绪容易沉淀，记忆扑面而来的时刻。从出发之始，灰色的空中有起伏的云，伴随着树影婆娑的繁密，我们仿若慢慢驶入了一个全新的世界。

内心的杂念在遇见此刻的景之后全然消逝，只留下对眼前之景无限的垂涎与回味。像是一场阔别已久的相遇，是儿时坐在门口台阶前的无限幻想，是熟读经典后的畅然通透，又像是与美好无数次擦肩而过的惊喜与弥留。

我亦梦亦幻，像是行走在电影里的画面，文艺小镇里的静谧与幽美，芳香四溢的花花草草，自然淳朴的生活方式和气息，一切都变得自然从容。

山里的路，像绵延起伏、重峦叠嶂、曲折蜿蜒的山脉般，埋藏着多年的秘密，神秘而又充满魅力。驱车在山路中穿梭，山涧清幽的风从远处吹来，白云深处的人家像是山中独有的风景，矗立在道路的两旁，迎接着路人注视与期待的眼神。

驱车的路人，一直沉浸在眼前的景中，虽是第一次相见，却总有阔别已久的熟悉感，像电影里最美新西兰的小镇风景，又像是无数次在脑海里憧憬的田园风光。随意停在一处，便能描绘出一副绝美的风景画。

最让人感叹的是，驰骋一路的风光没有一处不让人心动，没有一处不让人流连忘返。我只愿永久地留在这样的村落里，归隐田园，做一个守望乡间的农耕者。将所有的忧愁融化在夕阳里，等待着丰收的欢喜。

看着这一个个并不起眼，也不惊艳的村落，却让心情格外的惬意与舒适。乡间的气氛是悠闲中夹带着一丝的慵懒与随意，置身其中，内心像是被过滤了一般，变得澄澈而又豁达。这样的居所，无论居住多长时间，也是不够的。

脑海里畅想着余生在这样的村落里居住着。

门前有稻田，屋后有竹山，村落里的人家并不是十分繁多，有熟悉的邻人，有宜人的环境，山川小溪环绕着村庄，潺潺的流水和百鸟鸣叫之声，不绝于耳。与世无争，仿若隔世。

门前屋后，房屋紧挨着房屋，抬眼望去，都是再熟悉不过的友人。闲暇里的走访闲聊，从自家蔬菜的长势到乡邻田地里的收成，三五人围坐在一起。闲时聊天，忙时躬耕，外界的喧嚣于他们而言，是无需去关注，也无法被干扰的轻轻微尘。

在畅想中，不知不觉已抵达心仪已久的民宿群，这是一个坐落在山脚的小村庄。村里人利用其得天独厚的地理优势，把自家的房屋装饰成别具特色、独有匠心的民宿，由排列着的绿树与簇拥的花草围合而成的小院，围墙外的石砖悬浮着鲜艳的花朵，颜色、式样、品种各异的盆栽，像童话世界里的庄园。亦有整片绿色盎然的爬山虎爬满院落，像一片绿色的湖水，让眼生绿，让心充满着生机与活力。楼阁上砖瓦伸出弯弯的檐角，注视着楼下嬉戏与欢乐的人们，沉稳又不失个性。

之前，已有耳闻，却依然被这一栋栋极具特色、风格迥异的民宿震撼着，沿山路一直向前，鳞次栉比地排列着，游人可根据各自的爱好选择喜欢的风格。

友人与我入住的是一处简约素雅的民宿，白墙黛瓦，设计别致，三层的阁楼，玲珑剔透。虽是家庭式的旅馆，却丝毫不用担心卫生差好与否，地板干净得可以直接躺卧其上休息。屋内都是竹制的家具，竹制的地板，竹制的桌椅，竹制的天花板，既精致又舒适。从屋内向外望去，远处是云雾缭绕、神秘梦幻的层层山峰。

记得熟识的一位诗人，他曾告诉我，在节假日与闲暇时间里，他会选择一人独自去山里聆听大自然的声音，那是连续待上几日都不会寂寞无聊且享受其中的日子。诗人的心是敏感通透的，世俗的琐事会让其蒙上一层灰尘，而这样的时光是会让它们重新变得澄澈明净。

我们终日为世事忙碌着，每天要面临的琐事数不胜数，要接待的人何其之多。在繁杂的时间里，时时替人思考着，唯独忘却面对真正的自己，安静地聆听内心深处的想法。

傍晚，和友人绕着蜿蜒的小路散着步，远处有星宿亮着的光指引，身旁亦有来自各处的游客，在村落里悠闲地行走，看着民宿群的繁华，像是在时光里穿梭，看得见过去和未来自己的样子。

翌日抵达莫干山景区。

山间因盛夏可避暑而闻名，海拔七百余米。山外有暑气裹挟，山内却是微微的凉意。轻风拂过，像一阵冰泉流入心底，袅袅寒意。山涧里的飞瀑在夏日的折射下，泛着七彩的光芒。

　　览群山峻岭，翠竹幽幽，山涧流水，溪流蜿蜒，叮咚珠帘，风起日生，游人兴致盎然，意犹未尽。

　　和友人在山间踩石阶慢慢登上，有不时耸入眼前的别墅，看上去与现今隔着些岁月，已有些陈旧，也有些年代了。建筑风格和设计式样却很是考究，每一处都不一样，有着各自的特色。

　　即便放在如今或将来的岁月里，这样的建筑也不会被时光遗忘。

　　我与友来之前并未做过多的规划，遇见的每一处都是随心而为。不盲从人群的行走，只为一时兴起的兴趣。偶尔为眼前的一汪泉水暂时停留或是为一块被溪水冲刷已久的有色石块而心动。山中有趣的风景数不胜数。想来，却抵不上山里一位长久居住老人的话语："这里没什么好玩的，我住了这么久，真没觉得有什么好看的。"我和友相视一笑，好诚恳的大爷！诚然，让我们兴奋欣喜的景却是他人眼里日日月月重复着的单调与乏味。

　　原来，这世上不曾有什么最让人心仪之景，也许我们最亲睐的，不过是别人眼中不值一提和不屑一顾的东西。

　　想着我和友人的莫干山之行，全是陌生中摸索着的行走，并未过多地参考着他人的经验，或许有错过的景致，却也有他人未曾体悟到的惊喜。

　　回去的路上，背包里放着居民宿奶奶赠送的天然的笋干咸菜，咸鲜的笋里，藏着奶奶亲切的笑容。在莫干山脚下购买的圆润饱满的樱桃，是我和友人品尝过的最甜味道。还有，莫干山里的绿意和清凉，将这个本是短暂的周末延伸得很是悠长，缱绻难舍，舒适宜人。

　　莫干山之旅，让人遐想、深思、难忘。

　　而人生亦是一场旅行，你我都是行人。

致青春

电影《最好的我们》中有一个画面：张老师在黑板上写下高考倒计时还剩四天，在这个特殊的时刻，他当着全班学生的面，告诉他们，这是我第一次带班主任，虽然没有经验，带得也并不好，但我希望，能成为你们今后回忆里最美的时光。他质朴、憨厚，虽不是教学经验最丰富的，却是最替孩子们着想的。张老师话未说完，学生们都流下了一行行泪水。

坐在荧幕外的我，眼泪也跟着不自觉地滑落。每年六月，高考都是出现频率最高的一个词。在我读高三时，父母忙于生计，无暇花更多的时间在我的学业上，只是鼓励我，要努力争取考取一所好的大学。

我的同学里，有从高二就开始陪读的家长。家人一直陪伴着他们，给他们洗衣做饭，日日在旁陪伴学习。那时，这样的陪读是鲜少的，我只觉得，倘若是我，是坚决不让亲人陪读的。如若考不上，定是会辜负父母的一番辛苦与好意。

所以高考从来都不是关乎一个人的努力，它是一个家庭的希望和寄托所在。

　　家长们一定知道，高考确实重要，却又不是那么重要，人生的路那么长，不是过了某一关，就可以一路高歌了。

　　然而，认真地对待一次人生中最重要的考试，拼尽全力去努力，不留任何遗憾，也是对自己最好的交代。

　　那时，我坚信着一个原则，只有尽力而为，才会无怨无悔。

　　所以时常挑灯夜读，长达几个星期里的学习却只给自己留下短暂的假期。因为知道想要以后不后悔，就要长长久久地去努力。

　　青春是那样的短暂，高中时繁忙的学业，大学里为未来前程一直努力拼搏的忙碌，再到工作时为知识的欠缺而不断地充电。

　　时至成长后，才发现，青春与我那么近时，我却离它那么远。

　　而立之年，再提青春，总觉得有些矫情，那些从眼前流过去的景和人，早已不是我们熟悉的感觉。可当画面真实地演绎着，屏幕中相同的教室，类似的校园，那些似曾相识的记忆在脑海里一帧帧浮现着，当初形影不离的我们最后还是各安天涯，天南地北。

　　看着电影里的情节，总会生出很多的感慨。我想这就是青春片无论拍多少，依然会被无数人喜欢。

　　无意间翻出一张五年级的毕业照，那时的我十岁，相距现在已有十八年的时光。将眼光定格在照片的瞬间，小学的记忆一下就涌出了，那时的我们是多么童真无邪，多么纯真美好，未经世事的孩童，对生活充满热爱，对未来充满向往。

　　照片中的同学、老师，在生活里，有着各自的轨迹。可我想，无论什么时候再遇见，那一定是人群中最美好的相遇。

　　如果人生是一本书的话，青春定是最慷慨激昂、最生动有趣的章节，因为它有波澜起伏、动人心弦的情节。

　　我们都有属于自己的青春时光，有属于各自不同的记忆，有属于年华里刻下的永恒悸动。

再看到那些穿着统一服装在操场下奔跑的孩子。阳光下，他们的面孔朝气蓬勃，稚气未脱，眼神青涩却充满着笃定。

毕业很多年，却很少再去当年的学校看看。偶尔路过时，看到修葺全新的教学楼时，竟不觉得好看。因为，它并非记忆里的样子，勾勒出的想象像是陌生违和的画面。

喜欢小学校园里那全是泥巴的操场，可以在地里铲出很多土，挖一个小小的洞，成群的学生用它做各式的游戏，其乐无穷。

喜欢中学校园旁的水库，校长曾不止一次告诫所有学生，不许去水库里洗澡、划船。我们还是禁不住诱惑，在高考的前夕，几个人翘课，划船在水库里兴奋得不知所措。只不过，那时的水库其实是很浅的，无雨干燥的盛夏，将泥巴晒得起了很多的裂痕。

喜欢大学里，旅游学院北区的操场，每逢雨季，操场成了一个小小的湖。夜晚，月光照在上面，像是诗人眼中的星辰大海，沿着狭窄的巷子来回踱步，仿佛穿越在云水间。

喜欢那个小学里的班主任，多年未见，每每想起，都是温暖的记忆。她教我们语文，温柔中带着些许的严厉，也是从那时开始，逐渐喜欢上了语文课。

喜欢高中的英语老师。快到退休的年龄，他始终精神抖擞，威风凛凛，眼神里总有不容置疑的坚定。当了很多年校长的他，还亲切得像是一位和蔼可亲的老人，他上课喜欢拖堂，可同学们都特别喜欢他的课，对于拖堂，也自是很少怨言。

喜欢大学里那个小个子日语老师，看起来弱不禁风的她，家里其实是养蛇的。她告诉我们，她家里有很多蛇，她老公是黄山市很有名的养蛇专家。对于日语，她语重心长地对我们说，在毕业时，如果会一门小语种，对我们找工作是有很大帮助的。班里喜欢日语的，很是珍惜这样的机会。毕业吃散伙饭时，我们唱了一首日语歌送给她，她感动地流下了泪水。

喜欢……

能忆起的画面太多，我想那是能写成一本厚厚的书了。这些感动，都被珍藏在记忆深处，随着岁月的递增，每次忆起都会是不一样的心境。

有人说，我们要始终朝前看，喜欢回忆，喜欢过去，会让人充满着忧伤。应该始终乐观、积极、阳光、向上。

骄阳的炙烤下，又是一年夏日。

六月，栀子花开，纯白的花朵像是夏日里的一抹柔亮的阳光，萦绕鼻间的香气漾荡在午后的每一个角落里。关于青春的记忆，在无数个夏日里绵延，像栀子花的香味，淡淡的，会飘向很远很远。

希望

绿色一直是我最钟爱的颜色。

因为它象征着希望，如果说人活在这世上最大的动力，于我而言，那便是希望了。

纵观人的一生，大多时间里是平淡的，是无味的，而充斥在这所有平淡中能够使我们依旧乐观、向上、自信的原因，便是在这遥遥无期的岁月后我们对世间仍保留的最初的愿望与期盼，我把它称之为梦想。

甚至我们在历经挫折、经受苦难，在艰苦环境中一日日地保持着奋斗的姿态、不变的恒心，依然是因为我们心存着对未来冉冉升起的希望。

去年金秋之季，我去了千里之外的大西北，所经之处大都是飞沙走石、一望无际的黄土坡，极少见绿色和人群，从内心里生出无限的感叹，一半是地广人稀的荒凉，一半是从未见过的黄土地貌景观。

生活在如此恶劣环境里的人，应该是极其无奈和艰辛的吧，气候干燥，地理环境差，这是它本身的标签。本以为见到的人们都会是满脸愁容与迷茫的。可那些可爱可敬的人，至今回忆起来都会让我历历在目，像历史胶卷一般永久地封存在脑海里的最美画面。

在西北旅途中，陪同我们一行人一起游玩的杨导，待所有人如亲友一般，始终把旅途中最好的体验一一呈现给我们，在旅途中分享着他与旅友们一个个的小故事，其质朴、纯真、热情的态度使大西北增添了一份梦幻般的色彩。

去张掖七彩丹霞区前的一晚，在小旅馆里认识了一位老板。一家偌大的店，只有老板和一名伙计两人打理，无论是菜品或小吃，都是味道精美、菜式丰盛，有着我从未品尝过的幸福感。老板人极其和善，向我们诉说着他的故事，有些坎坷，却被浮现于脸上的笑容轻轻遮挡去了。

纵使西北的土地带给我无限的荒凉感，但那里的人却使我喜欢上这片干燥、偏僻、看似毫无生机的土地。因为他们让我看到了绿色和希望，似沙漠里的绿洲，给途经的人们一些前进的慰藉。

心存希望，前进的路上便不会那么艰难，无论这希望是关乎自己，关系他人，关乎国家，或是关乎现在和未来。

曾看到过一句话，谈到如何化解痛苦，最好的方法便是给他人更多的爱，让爱来削弱它，那样便不觉得痛苦了。也许在我看来，那不仅仅是爱，更是希望。爱的传递，便是希望的传递，拥有一种可能，也是对生活多一份向往。

至今，让我觉得最有力量的一句话便是好好努力，未来可期。的确，也曾无数次这样勉励自己，并坚信：努力一定会有希望。

在我老家的一条旧街巷里，有一位修鞋匠，从我记事开始，他便从事着这份职业。到如今在我回家的路上，依然能看见他被周围众多的旧鞋所包围，时而埋头做事，时而抬头看看众人，脸上永远是一副笑眯眯的样子。

二十多年，他修鞋的位置从街的一角移步到街的另一角，这期间变换过多次，在这条街上的无数个想到或想不到的角落里出现着。而那修鞋的地方只是简陋的别人屋檐下的一角，有的在厕所旁，有的在超市旁，还有的在菜市场旁。这么多年他像是打游击战一样，东躲西藏，早已从一个年轻的小伙变成了一位沧桑的老人。

修鞋师傅的腿不好，从小患过小儿麻痹症，家里无钱医治，后来便瘸了。不过他常年坐着修鞋，让人想不起来他走路的样子，以至于脑海里始终是他坐那一针一针认真修鞋的模样。

我们全村人都爱在他那里修鞋，甚至居住在很远的人们也在那儿修。因为他的要价几乎是别人的三分之一，每次付钱，少到我都不好意思。

也时常和他聊天，见他嘴角始终扬起的笑意便忍不住问，为啥总是这么开心呢！他便说起如今的好政策给他很多福利，当然更多的是作为一名残疾人，还能养活家人，供儿女读书，他便再感激不过了！

时隔很多年，我从别人口中得知，他熬出头了，子女终是没辜负他的期望，都已考上大学，也相继工作。不过，他还是继续着他的光荣事业——修鞋，近乎成本价，赚取少许的劳务费，这似乎成了他一辈子里最欢喜的事。

在修鞋匠的一生中，我似乎看不到太多的光环。他平淡的人生如一杯白开水，但于他而言，却是幸福的，因为有那么多的希望在闪烁着耀眼的光芒，使他骨子里生出一分力量。

时常听人说起，在脚踏实地的时候，更要仰望星空，有一份诗意的理想，怅惘着自己的未来，我想那便是动人的人生。

此时，凛冽的寒冬已过，正是乱花渐入迷人的春色，无数的人们被梦想唤醒着，茵茵绿色的春，如风拂动的柳絮，醉眼的桃红，在春的时空里尽情狂舞，正如那句时常被人提及的话语，冬天来了，春天还会远吗？眼里被绿色所浸染，在春的怀抱里放飞梦想。

又是一个遍是绿色的季节，又是一个富有希望的季节。

第四辑　所有遇见 皆生欢喜

传承匠心，用生命筑梦——你受之无愧

我特别喜欢一个词，叫作匠心精神。

因为，从这个词里，我能看到拥有如金子般品质的人们。虽不动声色，静默无言，在人群中却是脱颖而出，熠熠生辉的。它能让一个平庸凡俗、其貌不扬，甚至有些自卑怯懦，毫无成就的寻常之人变得深邃、高大、醒目。

拥有匠心之人，是我由衷崇拜与尊敬的。

对于能成为这样的人，我不敢期待，甚至说不敢妄想，那是需要怎样的自律和克制，才能达到的高度呢？一日日长久的默守，持之以恒，不是三年五载，而是贯穿着我们漫长的一生。

我自认为是无法达到那样极限的理想化状态，并尝试从在我生命中路过的人群中去梳理。良久，越发感慨，能让人心生崇拜与敬佩的，可以称得上有匠心的人不过尔尔。

蒋老师便是其中一位。

与蒋老师认识有很长时间了。他是我这几年时间遇见的人里最让我

佩服和崇拜的。

君子之交淡如水，他在苏州，我们又都居住在不同城市，相聚次数本就很少，可他却始终让无数人发出由衷的感叹，他是铁做的吗？为何可以那般执着于文字并笔耕不辍？在如此多的财富面前，他并没有全身心地享受其中而是分秒必争，把写作当成人生挚爱，即便付出再多仍乐在其中。

他出版了三十一本书，每日的睡眠时间不过五小时，坚持日更，写得顺利时更是能彻夜不眠。在初始的时间里，我不能够理解，这样痴迷写作的人，应该是什么事都不用做吧。可蒋老师并不如此，他还有自己的工厂——苏州市正翔压延厂是他盛年时的心血。目前工厂在他的管理下运营的很好，如他的写作事业一样，是他持之以恒勤奋许久后的回馈。

一个人的精力是有限的，当我多次计划在凌晨五点开始写作，无奈只是坚持几天便开始在白天上班的时间里昏昏欲睡，睡眠时间的严重不足，影响了我的整个工作和生活节奏。可每当翻看手机时，蒋老师从来都是每天四点多必定起床，这是他两年多以来一直坚持的习惯。其实，在这之前，他几十年都是如此。我想其工厂和写作事业能够如此出色，这应是原因之一。

我不禁感慨，他会累吗？

还是会累的吧！

不然他不会在一群人去游玩时，只是刚刚上车，所有人热热闹闹地聊着天，而他却在两分钟后便眯着眼睡着了；不然他的背部不会总是佝偻着，很少能像普通人那般全然的挺直；不然他不会抽不出更多的时间去做喜欢和感兴趣的事。他是在用自己的生命学习和工作！

七月，正值盛夏。

在苏州国际博览中心的书香苏州馆。装饰古香古色，简洁典雅，有着浓浓的书香气的书馆内，蒋老师的新书演讲会在此举行。苏州书展云集了国内众多的知名作家，他们相聚于此，给远道而来、数不胜数的读者朋友们带来一场关于文字的视听盛宴。作为一名写作者，能够在书展举办自己的演讲会，荣幸至极，这是理想日积月累的沉淀，更是辛苦勤奋累积出的硕果。

蒋老师于 2020 年新出版了三本书，还有正在编辑的两本长篇小说。从任何方面，从任何旁观者的角度而言，这都是极其不易和艰辛的，也许在长久的付出后，他需要给自己留下短暂的休息和放松的时间。

然，这只是我们大多数普通人的观点，对于自身有着严格要求的蒋老师而言，无论取得多么瞩目的成绩，多么丰厚的回馈，他都不会停下前行的脚步。

始终向前的人们，他们眼里只是无尽的远方和永不停歇的步伐。

蒋老师的书展演讲会有来自五湖四海的友人们，不远千里万里从远处赶来，只是为了支持他们心中的偶像。看到馆外做成的样板书籍，有几米之高，甚是欣慰和自豪。演讲会开始后，听众座无虚席，他们认真地聆听着一位即将花甲之年的励志作家的故事，内心时刻被震撼和感动着。

蒋老师是从农村走出去的，高中毕业后去参军，几年艰苦的当兵生涯，磨砺出他如今不怕吃苦的精神。而军旅生涯亦是他最愿意说起，最愿意和人分享的故事。第一次认识蒋老师时，得知我是一名警察，他仿佛一下回到当兵时的日子，同我忆起很多那时的故事，感慨着时光的飞逝与人生的传奇。当兵、从商、写作，他的前半生着实堪称精彩。

目前蒋老师早已实现了财富自由，但他始终坚持着简单质朴的传统，一件普通的 T 恤，一辆老旧的面包车，全身没有一样称得上是有价值的物件。我想，他早已不需要外在过多的装饰来显示他的财富与地位。常年做慈善，资助山区孩童，帮助有需之人，让内心变得丰盈饱满，才是蒋老师真正的财富追求。

如果我们都能如蒋老师这样有着匠人般的品质，也必将能在未来的道路上编织出属于自己的梦想。

　　匠心是什么？

　　匠心是虚心，虚怀若谷，宽以待人，用海一般的胸襟去包容他人。

　　匠心是恒心，拥有坚韧不拔、锲而不舍的毅力去追求心中的梦想。

　　匠心也是细心，于细微之处彰显品质。

　　蒋老师悉数囊括。

　　谦虚诚善如他，即便如此努力，却只言："我原想收获一缕春风，你们却给了我整个春天。"

　　最后，将最喜欢的冰心在《繁星·春水》里的一段话分享给大家："成功的花，人们只羡慕她现时的明艳，然而当初她的芽儿，浸透了泪泉，洒遍了血雨。"

　　我想，成功如此，人生更是如此。

雪梅姐——一朵绽放在严寒里不败的梅花

生命中的每一次相遇都称之为缘分，有些缘分会永葆活力，随着绵长岁月的流逝，而愈发动人。而有些缘分则浅尝辄止，经不起时间的考验。

与雪梅姐的相遇是生命里一次尤为感激的缘分，从她身上折射出的真诚、善良、无私感化着我和我身边的人。雪梅姐带给我的影响，是我从书本里无法体悟到的一种感动，教人活得通透、豁达，浮云淡薄，怡然自得。正如她如今的生活一般，虽忙碌，但内心丰盈无比。

无法用过多华丽的辞藻描绘出雪梅姐在我心中占据的重要位置，只知道当我遇到人生中比较重要的难题时，我总会想起她。而每次雪梅姐都会推心置腹地换位考虑，给我解答，不管多忙，她都能把我的事放心上，在繁忙中抽出一点时间给我最诚恳、最及时的建议。

犹记得，第一次和雪梅姐聊天时，她便跟我说："静静，你和我女儿年龄相仿，以后我就当你干妈吧！"我偷笑说："不，您看起来这么年轻，我就叫您姐吧！"一句简短的话便拉进了我们彼此间的距离，对她不再陌生，在以后的岁月里，她亦如一位家长般常常关心着我，在生命中给予我莫大的温暖。

每当提到雪梅姐时，那些溢美之词便不绝于耳，一个人要做到让身边所有人都对她夸赞称好是极其不易的，而大家那种由衷表露出的心声则是对雪梅姐最大的认可。

雪梅姐笑起时眼角似一弯新月，藏着满满的温情，她很博学，一起游玩时，总能告诉我很多不懂的知识和一些好玩的新鲜事。她喜欢黄梅戏，受她的影响，我的播放曲目里黄梅戏曲占了一半，每每听起，总会有些相见恨晚的遗憾。她喜爱文字，即使在半百的年龄里，繁忙的工作之余，仍不忘勤耕笔辍。但如此积极乐观的雪梅姐背后也会有艰辛的历程。

雪梅出生于1968年，安徽枞阳人。1986年，雪梅十九岁，经人介绍，她认识了一名军人，彼时的两人，一个才华横溢，一个果断勇敢，仿佛是天造地设的一对儿。本是无数人艳羡的一段佳偶天成，却因男方的两次出轨而分崩离析，曾经的海誓山盟变成了背叛，曾经的枕边人也成了陌生人。已是两个孩子母亲的雪梅姐只能带着孩子重新摸索生存的出路。

命运似乎并没有打算轻易放过她，在她曾经婚姻生活的八年内，她历经了三次手术。一次是生小女儿剖腹产，一次是输卵管积水切除，一次是节育手术，前后挨了三刀。从此身体一落千丈，好在雪梅的母亲尽心对她调养，才慢慢好转，但身体元气已大伤。

绽放在寒冬的雪梅，一切的苦难对它不过是人生旅途里更大的动力，恶劣的环境并不能阻止一个坚强生命的绽放，更无法剥夺一个美丽心灵的快乐。

如今的雪梅姐居住在上海新场古镇，那是一个有着八百多年历史的古镇，小镇小巧精致，极富江南水乡情韵，雪梅姐在那工作、生活、写字，舞动诗歌与戏曲，儿孙绕膝，享受着天伦之乐，生活得既诗意又温馨。

雪梅姐从小喜爱戏曲、文字。作为一名江南女子，更是对曲径通幽的徽州文化无比喜爱与向往。即便是成年后定居他乡，仍是在许多文艺殿堂里传播着家乡文化的精髓。

回忆着在苏州阳澄湖畔与合肥包公祠的藕园里，雪梅姐吟唱黄梅戏《女驸马》和《天仙配》里的片段，站在周围欣赏的观众都不停地鼓掌，称其原唱也不过如此。而雪梅姐也不怯场，舞动身姿，眼里闪着耀眼的光，她对黄梅戏是发自骨子里的热爱。不仅如此，对待文字亦是极其认真执着。

年少时，对美有一种执着，那花要明艳，带着露珠的点缀，灿若烟霞。雪要素白，不带一丝污垢，衣要艳人，容要艳世，连言语也要带着一种清高的气质，如卡夫卡的浪漫沉醉和大胆创新，有着我们无法猜测到的结局，却又坚信藏着超出意料之外的惊喜。

钦羡于张爱玲的旷世才情，那优美畅达，传神精准的文字是她无需苦苦探索便能拥有的天赋异禀，生活是一件华丽的袍，里面长满了虱子，白月光与饭米粒，蚊子血与红玫瑰的爱情，无需过多的探索，天然一段才情，平生万种风韵，全在超凡的天姿。

阿来开始写第一步小说《尘埃落定》时，窗前的白桦树正是一片绿意盎然，当他完成小说的创作，树叶已纷纷飘落，只剩光秃秃的大树，他无法抑制激动的心情，告诉刚三岁儿子："你爸是个写作天才。"

譬如聪慧、才华、天赋这类的词，看了便心生向往，惊羡于那双能捕捉到生命价值的慧眼，从中体察出世间百态与纵横人生的故事，像一张白纸，轻轻下笔，笔墨在纸上肆意晕染，便能书写出感人的人世百态和华美篇章。

待长大后，依然钦羡与生俱来的才华与天赋，可大浪淘沙，世事沉浮后会发现，那是属于少数人的特权，纵观大多数人，实则平庸如常，好运、机遇、智慧固然重要，但逐渐地，在我的眼中它们的光芒已不再闪耀，取代它的是刻苦、勤奋，在逆境中顽强拼搏，有着咬定青山不放松的傲气风骨，把波澜起伏的人生画卷描摹的生动有趣、栩栩如生。

每每想到这些励志的故事，雪梅姐始终面带笑意，如一个不谙世事的孩子那般笑得灿烂如花，告诉我即便生活里有风雨，也要把它当作是命运的馈赠，拥有搏击风雨的能力，才能享受岁月静好的真谛。

我也逐渐地发现，所谓的美是一种成熟，一种历经岁月沧桑后显示出的云淡风轻，更是一种对周遭人的宽容与爱护。

即使前半生饱经沧桑，历经无数坎坷，她却始终面带微笑，内心向阳，待所有人如亲人一般，她永葆初心，至善至诚，将苦痛雕琢，在困境中绽放成一朵永不凋谢的花。

播撒善良，便会收获友爱。雪梅姐在逆境中从未放弃过自己，她自立自强，勤奋励志，在工作中卖力付出，使她慢慢地遇见了生命中的贵人，这个人是她后来的老板，一个在上海独立打拼的创业者。

如今的雪梅姐，依然忙碌着，可只要闲下来她总是会把生活装扮得五光十色、缤纷多彩。穿梭在艺术的殿堂里，稔熟文字的同时宣传着传统曲艺的精湛，内心丰盈，眉眼含笑。

"雪压竹枝低，虽低不着泥。一朝红日出，依旧与天齐"。千帆过尽，我自笑看风云。

"真的猛士敢于直面惨淡人生，敢于正视淋漓的鲜血"。受过伤的人，笑起来更加灿烂。

天赋在不认命面前，显得毫无意义。雪梅姐，一个不肯在命运面前轻易低头的人，才是真正的勇者。

从此后，我一直对梅花情有独钟。喜欢她断然的清绝与风雅，喜欢她素瓣掩香的蕊，喜欢她团玉娇羞的朵，喜欢她横斜清瘦的枝，更喜欢她月色黄昏里一剪闲逸。喜欢她超然脱俗的气韵，更喜欢她至纯至真的风骨。

掬一捧洁白，携一缕梅香，素素淡淡地走在江南水乡的路上。人，不论走多远，走多久，都不要忘记自己初见时的模样。感恩遇见，灵魂的重逢，不论以何种形式存在，都是最美的缘。

我爱雪梅更爱生活中的雪梅姐，如一朵严寒中盛开的不败之花。

致别山举水老师——人生处处，总有相思凋碧树

他说，写一棵树最好的方式，是写树的伤口。

从人群中走过，在不同的年龄阶段，在不一样的环境氛围中，总会有不一样的人生感悟。

年少时，总是被那些幽默且极善言辞的人所吸引，他们始终是舞台上的闪光点，活跃气氛，展示才艺，谎言似乎都能被他们描述的真实可信，对身边人也都是笑容可掬，真诚友善。于是，那时的我无时无刻不期待着能成为那般热闹有趣的人。

长大后，虽仍羡慕着那些喜爱宾朋满座、谈笑鸿儒，在人群里熠熠闪光，璀璨夺目者。但那时，眼里已没有太多惊喜，只是多了一些适应和接受，却不再全然认可。而心里更好奇、更在乎的是那些在人群中始终保持沉默，脸上亦很少显露复杂情绪的面孔，猜测着里面藏着的是一颗颗怎样华丽、优渥的玲珑之心呢？我越发地欢喜和好奇。

后来我渐渐地明白，想要在人群里发声并不难，难的是如何不发声，保持沉默，秉持着一种小心翼翼的态度。虽被忽略甚至遗忘，但它代表

着我们始终保持着思考，审视着周围，以一颗谨慎温柔的心灵去对待所有、对待世界，不再盲目，不再随波逐流。

大概人的成长就是如此，从加法到减法，慢慢地变得自知、清晰、知道目标，然后奋不顾身地去追求，也知道不能过于贪恋，舍去那些不需要的。就像作家刘和平说的那样："发大愿心，得大愿力，你简单了就好。"

是的，做一个简单而有追求的人，听从内心，永远向前不回头。

而每每提到简单、沉默这些词我始终会想到一个人，当然，这种简单、沉默实际代表着执着、专注、勤奋的精神，是值得夸赞的品质。

"昨夜西风凋碧树，独上西楼，望尽天涯路。"古诗词中，甚爱这句。秋风凉，残月紧，黄叶疏窗，山阔水长，仿佛世间的一切都已如浮云过世，独留一声长叹，"过尽千帆皆不是，斜晖脉脉水悠悠"。

恰好，别山举水老师新书《人生处处，总有相思凋碧树》顿时圈去了我的所有注意力，未免感叹道，在情感的起伏上，大抵我们是有着同样的青睐与自省。

第一次听说别山举水老师，是在一个文友口中，当然，她也不是一个普通文友。按照她自己的话说，能拥有现在的成绩，自是少不了别山举水的推荐和帮助。而别山举水老师本人就更加传奇了，他是那个网站的签约作者里唯一一个通过写散文被众位编辑和读者认可的。彼时，我能知道网站上的散文写作者的人数已达几十万，能够从中出类拔萃、脱颖而出者，自是文字的痴醉者，可他本人我是未曾谋面过的！

后来，我开始慢慢了解这位别人眼中的散文大师，只不过依然是通过文字，通过那些跳动且具有灵性的字符。不得不惊叹，文字就是有这种魔力，它能让我们在未曾见过作者本人之前，就已能读出他的个性、外貌、喜好和能够被描述出的所有特征。他洋洋洒洒几十万字的散文，孕于每一个文字中闪射的智慧光芒，行云流水般涤荡着心扉，似泉水叮咚，不由自主地便会让人心神荡漾，难以释手。别山举水老师的形象在脑海中便会越发清晰，如一位不远处的智者，教人道理，给生活以启示。

念念不忘，必有回响。五月，在一次笔会上，我如愿见到了一直崇拜的别山举水老师，他比我想象中的要亲切和年轻许多，只是眉浓得似化不开的墨，格外不敢让人靠近，可依旧含着笑容，那气质确实像他自己描述的那般，走在人群中，有些与众不同。

笔会上轮流着发言，大家或高亢或激烈，众人也跟着节奏，不断鼓掌示好。轮到别山举水老师时，他谈到了自己的出身以及与文字的故事，并无过多阐述自己取得的成绩，而是再三言说着自己对文学的热爱，闲暇时间里，他会把唐诗、宋词一首首的抄在纸上，不为任何，只是纯粹地欣赏与内心的挚爱。

别山举水老师的所有话，我尤其感同身受，生活中每遭遇到挫折或不顺心时，脑海里总是会闪现出某句古诗词，恰到好处，不谋而合地便能直抒胸臆。于是，那些古诗成为我们伤口处最好的解药，也成了心中永远的慰藉。别山举水老师更是现场朗诵着那些他喜爱的古诗词，感情充沛，声情并茂，热血澎湃，笔友们都被他代入了这厚重的一刻。

经过这次笔会，便与别山举水老师有了更多的交流和见面的机会。让我也开始真正熟识这位对散文尤其执着的老师。

别山举水老师学历并不高，只读到高中。1992 年高考，他以几分之差落榜，后因家庭原因没有复读。没有考取大学，又无一技之长傍身，农家出身的他不得不辗转各地开始自己的打工生涯。他做过空调工人、搬运工、电子技术工人，也遭遇过无数次的磨难。

1994 年，他背起行囊来到广东，刚踏上广东的第一个晚上，毕业证和身份证就被万恶的小偷偷去了。没有亲人，没有朋友，但他没有轻易放弃，而是在那个城市默默坚持着。2004 年，他在一次维修结束后，不慎跌倒，右脚髌骨骨折，九级伤残。他依旧顽强地拄着双拐前行着，生活以痛吻我，我偏要报之以歌。

他曾大汗淋漓地浇过混凝土，精疲力竭地挖过土方，被联防队员撵得鸡飞狗跳，无路可逃。以工地上的自来水充过饥，津津有味地舔过两毛钱的冰棍。而这些，在他看来，不过是碧空万里前的稀疏雨点，是崇山峻岭前的一些小土丘，他毅然决然、气定神闲地跨过了它们，为自己的梦想添砖加瓦。

因为，于他而言，生活远不止眼下的苟且，还有诗和远方。

有些鸟是关不住的，因为它们属于天空。慢慢地，他的文字被多家杂志刊登，他虽不是同学中过得最闪耀的，却被他们称为最有才华的。他只是笑说，这一辈子要与文字相伴，温暖前行。

喜欢写作的人都知道，这是一条孤独且艰辛的旅途，常常需要我们带着质疑去拷问着内心的真实想法，所以大多数写作者喜静不喜动，喜欢一个人独自去慢慢探索世界与人生的妙趣与意义，这需要刻苦与坚持，但它亦是一条通往智慧的路，不断地自省与思考，会让写作者过得越加通透和睿智。

几十年的人生阅历，每日的书写，已使别山举水老师活得更加豁达。每当我有困惑和迷茫时，别山举水老师的话总是给我启迪，教我如何去做出适合自己的选择。

唯愿他日，我们都能像别山举水老师那样，被知识所浸染，为文字而痴醉，做一个简单执着的人。

我眼中的文友

近日来，阴雨绵绵，天气骤冷，待在屋里看书便成了最大的乐事。读到好的作品时，便会像中奖了那般惊喜，骨子里的血液都开始沸腾，似乎和记忆中的某份情感不谋而合，想把那些故事中的文字永久地印刻在脑海里。

此时，反而并没有迫不及待或囫囵吞枣地一下看完所有余下的文字，而是不紧不慢地放下书本，端正姿势，摆正桌子，调整气息，手捧着像珍宝一样的书，一页页、一张张地品读着。流露出的好奇、雀跃，沉醉在以每个文字构成的天堂里，那是一种无法言说的喜悦。

喜欢优美的散文，四方世事，不及人间一碗烟火。热爱古诗，"风雨如晦，鸡鸣不已。既见君子，云胡不喜？"也热爱小说，张小娴的每部爱情小说我都不会落下。看得多了，看得久了，这些如精灵般的文字都是源于怎样的大师之手，这样跌宕起伏的故事又是否是作者亲身经历过的？我把书掩上，思索良久，索性能与作者见上一面倒是一大乐事！

这个愿望像一颗小小的种子般植根在心里，沉默很久，终于有一天，在阳光雨露开始滋润下，它慢慢地开始发芽、开花、结果了。在一个风和日丽、春光明媚的日子里，它终于破茧而出。

与文字的相识本是一件幸事，更令人幸运的是这些文字带着我久久地、慢慢地寻找着它们的主人，遇见着，笑谈着，那是一种奇怪的境遇。你看过他大多的文字，你想象过他的容颜、性格、笑容。可当他们站在你面前，叫着你的名字，投以微笑时，你仿佛还沉浸在他们的文字中，幻想着相见时的那份惊喜。

李老师是一个有烟火气息的诗人，他对诗很钟情，也很专一，七千多首诗中，书写的都是寻常见到的花鸟鱼虫，却是他心中的阳春白雪，光风霁月，它们撑起了他闲暇时间的一片蓝天，也是他心中的一份净土。诗人的世界是包容、丰富、多元的，正如李老师的为人一样，他言语时而高雅，时而诙谐，上可孔孟子曰云哉，下可与农人乡邻一番言语，幽默中透露出哲理，笑容中展示着亲切。

每天凌晨四点多，这位诗人便在这个寂静的世界里苏醒着了，或凝视窗外，或伏在桌案，好奇地望着这个熟悉而又陌生的世界，将他们寄予在生动的诗歌中。

我与李老师见过四次，惊讶于他学识的渊博和胸襟的无涯，有那么一刻，我想，我应该早些日子读诗，或许，我也能成为这样谦虚和优雅的诗人吧！自此，我慢慢沉溺在一个叫做诗意的世界！

一日，李老师给我一本散文集，是我们当地一位女作家的作品——《给心灵种植花草》，这是一本有点发黄的老旧书籍，书出版得很早，存世的岁月和我的年龄相仿。可见这位作家的年龄和阅历也极为的丰富。我在一个暖阳的午后翻开了它，一个个精美的小故事，讲述着作者的人生经历和成长过程，并不枯燥，每个故事刻画得都很生动，有作者的喜怒哀乐，李老师告诉我，这位女作家是光霞。

很幸运，后来我和光霞姐相见两次。她和她的文字一样，如水般的温柔，如画般的美丽，她每次都叫我"宝贝"，我第一次被人这样称呼，却一点没有不自然，全是宠溺的幸福感。她眼里流露出的纯真和学识的渊博是我难忘的，后来得知，她有好多读者，她写小说，写散文，画素描，感悟人生，通透温暖。我记得一位朋友告诉我，写文章的人都是善良的，后来，我陆续见到很多爱好文学之人，这也让我对文字、对人生、对世界有了另一种感悟。

好好看书，好好写字，你发现你能以自己的阅读构建起一个小世界，来体恤温柔，消解自身的苦难，更宽容地了解这个世界的复杂。

我不知道流星能飞多久，值不值得追求；我不知道樱花能开多久，值不值得等候。我知道我们的友谊会像樱花般美丽，像恒星般永恒，值得我永远守候。

成悦姐——感恩常在，愿幸福永远伴随于你

第一次见她时，比想象中娇小许多。

盛夏的暑天，我提着行李赶往一个月前相约好的城市，一路风尘仆仆，汗水早已浸湿了发丝和衣衫。从老家出发，抵达合肥要不断地转车、换车。早上七点已动身，中午时还未到达。

怀着惴惴不安的心情，想象着接下来要相见的文友，脑海里掺杂着紧张和兴奋，既期待又有些担忧。我是去得最晚的一位，多数人早已在前一晚或是上午已抵达。想着那么多人似乎通过攀谈早已熟悉彼此，而他们对我却是全然陌生的，见面的一刹那定会尴尬无比，便临时不想赴约，想着再坐车回去吧。可心里又不甘心，既然来了，不能就这样连面都没见，就无功而返呀。

纠结了几分钟，我拨通了一格的电话，询问着她，此时交流会上是否正热闹，又说出了自己的担忧，倘若这时再去的话是否不太合适。一格听到了我无端的担忧，便很快让我打消顾虑，说大家都等着你，要赶紧过来，所有人都想见你。

此时，我正站在喧嚣的城市路口，炙热的光一阵阵像烤炉一般烘烤着我，听着一格的话，心中似增添了一抹阴凉，遮蔽了所有的燥热与担忧。

通过齐齐姐给我的地址，我打了一辆车，迅速地赶往酒店。所有人正在拍大合影，此时的我不得不从众人面前经过，迎来了许多注视的目光。

彼时，说不别扭是不可能的，但没办法，我恰恰选在最突兀的时刻闯进来了。

站在最前方的一位女孩，她招呼着我，让我放下行李，和所有人一起拍大合影。

一瞬间，好像不用再躲闪了，所有的别扭此时全部荡然无存，我用感激的眼光看着她，便疾速地插到了队伍的第一排，和所有人一起喊着口号，自然大方地将自己定格。

女孩在我们对面，用手势上下左右地指挥着队伍，调整着队伍的布局。她看起来很有气势，调换着大家的位置，使得有些杂乱哄闹的队伍立刻变得安静有序。

她不停摆弄着相机，给我们拍了很多张照片，却完全忽视了自己。

这时，我得以认真地观察她。她穿着套装短裙，身材很是娇小，有着南方女孩的灵动和秀气，可看起来又非常有气势，在人群里穿梭着，很快吸引了众人的目光，而这许多的目光里多半会带着仰视和崇拜。

她就是成悦姐。来自广西南宁，与我一般大，有着两个可爱的宝宝。她每天工作、带娃，间隙时光里仍坚持阅读、写字、授课……她一天内做着常人几天都做不完的事，是个对自己有着严格要求的女人。

拍照结束后，小沫在旁边帮成悦姐抱着刚满一岁的小宝，小宝脸上一直微笑着，似乎一点也不害怕陌生人。

我去时确实太晚，大家已用过午餐，成悦姐单独带着我去吃了午餐。

接下来的行程便是去合肥的两个有代表性的景区游玩，分别是包公祠和逍遥津公园。

走出宾馆，我们一行人准备前往目的地。成悦姐走在队伍的最前方，她用车推着小宝，小宝咿呀咿呀地乐着。随后，我们便分散去了各自喜欢的景区。

身旁的友人告诉我，成悦姐是从南宁到达合肥的，几千里的路程带着自己刚满一岁的小宝，车遥路远，可她未曾说过一句辛苦。

晚饭时，帮着成悦姐抱着小宝，小宝很乖，一逗便会笑，只是需要人抱着不停地走，她才会不哭不闹。吃饭时，成悦姐没有说过多的辛苦与不便，她拿着手机，似乎还在网上课堂里给人上课，她始终是忙碌的。临回去前，我们只是淡淡地说了句，期待下次见面。

回想着，在合肥的见面，我们并未有过多深入的聊天，我又因晚上有任务，便临时坐车赶回了上班的地点。

在这之后，我始终像一个崇拜者一样关注着成悦姐的动态和公众号，而那次并未热聊的见面却让我产生了一种动力，想去更深入地了解她，为何那样娇小的人会有如此大的毅力和能量。

每每读到她的文字，均能被她沉默外表下的细腻深情所感动。读着她用平淡口吻描述的过往岁月时，总会觉得她是那样的耀眼和温暖，她用最专注的力量，最深刻的文字，最具说服性的亲力亲为，诠释了一位女孩不断蜕变的成长故事。

每当夜里读起，总是会被感动，而当我多次向他人说起成悦姐的故事时，那些无法相信的眼光总是让我感慨，或许我们太过普通，连大胆猜测的勇气都没有。

2019 年 7 月，去苏州参加蒋坤元老师的新书发布会，和成悦老师幸运地不期而遇。

这次，我虽并未迟到，可还是比广西南宁的成悦姐晚到了。她永远都那么准时。

人群里有个小女孩始终牵着妈妈的衣角，忽闪忽闪的大眼睛让人很是疼爱。那是成悦姐的大女儿，和妈妈一起坐飞机从几千里的南宁赶到苏州，母女俩脸上都带着一丝倦容。

虽然成悦姐托着受伤的胳膊和还未完全康复的腿脚，但看见我们时，向我们投来最善意温暖的笑容。

新书发布会上，她第二个上场，还特地换了一套旗袍，梳了个好看的发髻，带着红色的发簪。别着的红色发簪让她更显灵动美丽。

将近四十分钟的分享内容里，我几乎全神贯注，一秒都未走神。她说的那个毛毛虫蜕变成花蝴蝶故事里的女主角便是她本人。在她分享的过程中，台上的她和台下的我们泪水不止一次地从眼眶滑落，庆幸着已从苦难涅槃而出的她如今有着常人难以达到的毅力与果敢，也获得了命运的回报和馈赠。

在专注写作的几年里，她靠着自己的拼搏与努力，不仅获得物质上的富足，还获取了精神上的丰盈。全国各地成千上万的文友让她即便再累，却始终不忘初心。

古往今来，在逆境中挣扎之人数不胜数，世人皆醉，到底这一切为了什么？面对每一个苦苦的追梦者，谁又能说这不是一首生命的赞歌？

成悦姐的经历告诉我们，只有经过打磨的人生才会更加坚韧，更加有意义，更加熠熠生辉。

吃晚饭时，成悦姐主动和我攀谈，她打趣地说道："上次你一人，这次你带着妈妈和姐姐，下次一定要带着男友，再以后，要带着全家一起和我们见面。"

原来，她从不高高在上，只是彼此缺少了谈话的时机。

为了赶回南宁，次日凌晨五点不到，她便带着女儿一起早早地起床，又是几千里的路程和很多未完成的事务等着她。

奔赴在路上的时间远超过一日，而她停留的时间，却不足一日。

本以为，这样相见后，大家便又回到各自的生活轨迹上忙于手里总是做不完的事。

时隔半个多月，却收到了成悦姐的信息。

成悦姐在微信里一遍遍地问我的地址，虽多次表示她的好意我已心领，可她依然执着如初，不肯作罢。

我自惭形秽不已。

论学识，她本科毕业后去北大进修，我远不及。

论付出，我从未在物质上对她有过赠予。

论口才，她是天才般的演讲者。

感谢成悦姐，感谢太多人，总是让我感到温暖。让我在这个喧嚣功利的世界里仍相信着美好，相信善良，相信有些付出从未想过回报。

我想，这些感动将会始终伴随着我，让我在迷茫、受挫、困顿的岁月里，始终相信，人间自有大爱，它会变成生命里的光，在幽微黑暗的日子里一直指引我们向前。

致考拉——愿你永葆童心，一生无忧，喜乐常在

拿到考拉书本的那刻，离她寄出的时间隔了大半个月。

因在外培训半个多月，虽然知道书早已从北京抵达我所在的上班地点，心里即便再焦急，也只是于事无补，只期盼着早早结束培训，能看到考拉的《恍惚人间》。

说起和考拉的缘分，很是感慨，在这茫茫人海里能够得以相遇，依旧是那妙不可言的文字牵系着的。虽从未遇见，但脑海里总会出现她绽放的笑容，和那友善的眼神。那张娃娃脸上始终不见岁月的痕迹，无忧无虑，渗满了童心。

她的状态像极了我最喜欢的那段文字"愿你眼里写满故事，脸上不见风霜"。

因为都喜欢文字，便会惺惺相惜，在考拉的文字里，知晓着关于她过往的许多故事。喜欢文学的女生的价值观很容易被文章所影响着，在追求生活理想与目标时，对精神上的追逐要远胜于物质上的。在这一点上，我与考拉保持着一致的观点，金钱不过是通往精神层面的一个载体，

一个辅助性物质，它永远都不能成为我们最终的目标。

如果说，有这样想法的女孩是简单单纯的，那么我相信考拉与我都愿意成为这样单纯之人。

从警校培训回来，我以最快的速度和迫不及待的心情赶到门卫室，拿到了考拉的书籍，瞬间快乐的像正月里的烟花，绚烂夺目。

带着轻松愉悦的心情看完了这本恍惚人间。恍若也和考拉进行着面对面、深入透彻的隔空长聊，对她也更加地喜欢了。

有人说，文字是一个人最好的映照。他们的性格、喜好、价值观都能在文字中察觉。而许多知名作家的书籍也都有着各自的特色，即使不看那作者是谁，也能猜出个大概来。文字是内敛的，作者大多也是安静的，倘若文字是活泼的，作者多半也是开朗幽默之人。

读考拉的书籍，很是轻松愉悦。文字里既没有过多地去卖弄文学知识，亦不晦涩难懂。既没有自嗨到他人无法翻阅，亦没有抒情到让人觉得眉头深锁。

她的人生像极了茫茫人海里普通的我们，并未功成名就，声名显赫，却真实朴素，有着自己的爱好和梦想，也有着自己的坚持和笃定。

她用简单的文字诉说着那些博大精深的道理，用一个个小故事去描述她眼里的万千风景与广袤世间，用细腻、全方位的视角去阐述着她对待这个世界的看法。

在众多的章节里，尤为喜欢的是她的爱情故事与旅途中的阅历。

旅行亦是她心中的执念，那是能让内心得到欢喜和沉淀的方式。

考拉坚持日更三年，从未间断，这样的执着不仅是源自对文字的深爱，更是一种持之以恒的毅力与执着。

能将一个爱好一直坚持下去，便早已超出身边的大多数人。所以真正的喜欢并非一时兴起，更要像考拉那般拥有坚韧的毅力。

此书摘取的文章是考拉三年日更所有文章里的部分，在那些致力于写作的夜晚，她将女孩乐于逛街、购物、游玩的所有时间，一一献给了写作。这般较真执着地去做着一件事，究竟是为了什么呢？考拉说："文学于我而言，是此生无法放下的挚爱，而花费再多的时间在其上，亦无怨无悔。"哪怕，她的文章并未被很多人喜欢。

在这本书里，我看见了一个真实、可爱、善良的女孩。她或许有些自卑，又极易被满足，觉得能被人爱、有事做、有书看，即便清贫如常，那又如何呢！我们对物质最基本的追求不过是衣食住行上的满足，如此能够达到要求，人生便能称得上是可期可盼的。

在物欲横流的社会里，我们往往被周遭喧嚣的声音所迷惑，忘记了内心里最真实的愿望，在爱攀比的环境里，错误地把快乐和幸福与财富的积累画上等号。

众人皆醉，考拉却依旧清醒。

在遇到她丈夫之前，她从未想过结婚，但遇见他之后，她从未想过嫁给其他人。

我想，最好的爱情便是如此。

他们的婚姻没有奢华隆重，似乎还有些不被外人看好。但考拉内心似明镜一般通透，丈夫对她的欣赏和疼爱，是再多物质也无法比拟的。

在三十四岁的年纪里，对世事早已透彻明了，云淡风轻。即便以后有不尽如人意之处，她告诉自己，只要去做了，便不再后悔。

她喜欢旅游，从不觉得一个人出行会孤单。所以，在单身的日子里，她的脚步遍及了无数的远方。

走过越多的地方，见到越多的风景，自然会变得更加成熟与睿智，对那些放不开的过往已不再纠结，对那些不应该执念的往事也早已看开。旅途中的经历给人的影响是潜移默化的。

看完《恍惚人间》，会由衷地觉得这是一本好书，它给予我们的正能量以及作者对很多事情的观点，是可以在很大程度上影响着一个人的成长。

我们向内的成长始终是需要好书的熏陶。芳华易逝，指尖流沙，愿我们都能被书籍里的正能量所感染，始终幸福、好运。

队长

　　晚间，和朋友闲聊。间隙中，她问我，这世上有人不喜欢被人夸赞或表扬吗？

　　此时，脑海里闪电般地浮现出很多人，灵光一闪的刹那间，一个清晰的身影立刻站在面前，我毫不犹豫地回答："有，我身边就有那么一位。"

　　他是我的大队长。

　　想象中，刑侦大队的大队长应该是身材伟岸、威严肃穆、剑眉星目、英气逼人的样子。被影视剧里光辉形象深深吸引多年的我，无法想象，当我第一次看到现实中的队长时，失望得只剩不断地感慨，怎么是如此的其貌不扬呢！那时他在我脑海里的形象不过是一个普通的不能再普通的路人罢了。

　　在工作过程中，逐渐发现对队长的了解过于肤浅。

　　大队长从事刑警工作二十多年，那个年代的他，是从刀尖上一路走过来，是为了公安事业随时准备抛头颅、洒热血的。现在总结起来，经过队长手里的案件可谓不计其数，再猖狂或狡猾的犯罪嫌疑人在他面前，也无法逃过他的鹰眼，都只能乖乖地缴械投降。

从事刑侦工作的两年里，我时常感叹，是不是没有他不会的！答案毫无疑问，有不会的，但那数字也是少得可怜。队长的业务能力在队里，如果他说第二，没有人敢说第一。

在我脑海里，很难找到形容词能描述队长的敬业，说彻夜不眠地奋斗在工作岗位上可能有些夸大其词。可他确实是除去睡眠的时间，无时无刻不是在为工作而倾尽全力，奉献一切。岁月慢慢偷走了他的青春、健康、朝气，留下的只有逐渐的力不从心和满头华发。

今年，局里分配的指标多，大队任务重，同事相继考走，人数在不断递减，队长硬是把这一严峻的形势扭转成功。带队伍，他永远秉承着首当其冲、率先垂范的要领，不管前面是尖刀还是钢枪，是大海还是险滩，他永远第一个冲上前，把风向标竖得笔直，丝毫不计个人安危，心里装的永远是别人。

初到大队，和队长接触不多，一年中，加在一起也没说过超二十句的话，可我却能记住他说的每一句。刚分配工作时，被分到大要案中队，我记得队长对中队长说："好好带新人，要把基础打扎实！"之后，便潇洒地离去。

中队长对我是放养自由式管理，所以，在中队的那一年时间，似乎每一个人都是我的师傅，似乎我又一个师傅都没有。师傅们都有自己的办案逻辑，我却很难将他们教的统一成一套新的体系。所以在前面三个月的时间里，除了不办案，我需学习所有的和办案有关的知识。师傅们说："要把基础打扎实，女孩照样可以把案件办得很好。"

用了三个月的时间，我几乎看了所有和办案相关的知识点，却似乎只停留在表面，了解得并不透彻。后来，队长似乎看出我的疑虑，找到我，问我："学得怎么样，有亲自主办的案件不？"我只能老老实实地全盘托出。

"好的，我知道了。"话毕，黯然地走出他的办公室，猜不透队长想的是什么，可心里对办案有满满的期许。"如果不想办案，来刑警队是打酱油吗？"我经常这样问自己。

第二日，不知是不满于中队长的放养自由式管理，还是看出了我眼里的期盼，队长立马给我安排了一位专职师傅，专门教我办理案件。这时队长意味深长地说了一句："负责全部教会，直到完全上手为止。"然后再次潇洒地大步离去。

真正开始办案时，才发现之前队长的良苦用心，他有意让我去多学习知识，把基本功打扎实。之后，那些晦涩难懂的专业术语，复杂多变的程序操作起来就变得简单。而每一位师傅，在我不懂的时候都会给予专业的指导，即便他们经常忙得连坐下的时间都没有。

专职的师傅更是全程指导，我的第一个案件在大家的耐心指导下成功办理。那时去队长办公室汇报完案情，我看到他平静的脸上，有一丝不易被察觉出的愉悦。他语重心长地说道："要认真，不懂要多请教身边人。"队长话不多，每次都是精心斟酌地说几个字，却让我感觉字字都有分量。

作为女生，虽然很辛苦，但主办又一起案件后，收获确实丰硕。时至今日，虽调任其他岗位，但学到的办案知识却让我受益良久，从不担心会有听不懂的业务，对工作信心百倍。这些扎根在脑海里的知识，让我以后无论去哪个岗位，都有能够胜任的信心。

一年以后，因工作需要，我被调往办公室负责内勤工作，队长的办公室就在隔壁，此时，我似乎能更全面地了解这个让无数人好奇的职业，也能近距离地接触英勇果敢、铁骨铮铮的刑警队长。

早上规定八点上班，但不管我什么时候到，队长办公室的门都是开着的，除了出差，他都是七点之前到办公室。二十多年如一日地坚持，没有太多的可歌可泣，催人泪下，却有很多小细节值得敬佩：比如从不请公休，如果不是伤筋动骨的病从不请病假，周末一直在办公室，谁有事都可以找到他……这些，都让我渐渐崇拜他，也更加崇拜这个职业。

起初，队里的同事都不解，队长为何要让自己那么辛苦，作为领导，自己何必太累，下面人能干才最重要。

如今，这样的言语越来越少。因为不在其位，无法有感同身受的见解。而队长始终严于律己、鞠躬尽瘁，使得所有人对他发自内心地崇敬和感动。

队长很少接受媒体采访，面对要专题报道他事迹的新闻，他总是拒绝："这些都是应当做的，没什么值得宣传的。"但他偶尔喜欢写些文章，笔尖下流露出的对刑警的热爱，便是对手下兄弟们办案能力的称赞和鼓励。他不止一次地说："这支队伍的壮大变强是靠所有人的努力，而我只是尽了自己的一份绵薄而已。"

队长今年四十五岁，却比他同龄的大多数人都成熟苍老。

在刑警大楼的三楼走廊里总会传来或高或低间歇性的咳嗽声，寻声望去，一个长相十分不起眼的警察，顶着半头华发，迈着疾步，总是满怀心事地向前，一束微光洒下，憔悴的脸上透露着难掩的疲惫，却时时带着一股满满的、为正义而战的激情。

这便是我们的队长——平凡却不平庸。

成年人眼里的友情

友说，你向来独立，不爱与人多沟通，对旁人的疏离，会让你被人群冷落，成为一个孤独的个体，对你的发展是不好的。

我笑笑不语，转而深思。

因为越发喜欢这种丰富的安静。世界越来越喧闹，而我的日子却越来越安静了。

曾经也流连于霓虹华彩的喧嚣繁华，享受穿梭在热闹而沸腾的人群中，聆听着华过其实和流光溢彩的话语，却又欢快地忘乎所以，毫不掩饰，在众人的喝彩与追捧中找寻着存在的价值与真谛。

可那些快乐是暂时的，是短促的，敌不过时间的冲刷，印刻在光阴里的仅是日渐憔悴的容颜和寡淡苍白的剪影。

直到遇见山川大海，古寺梵刹，徜徉过湖泊溪流，在悬崖绝壁上看云雾缭绕，于荒漠高原处俯瞰人间荒凉，才发现绚烂之极归于平淡，热闹的尽头方是安静恬淡。

于是，在形形色色、千万种前行的方式里，我选择了最适合自己的那种。

其实，深刻地明白着，这样的选择，是对自己深度剖析后理性做出的，也是适合自己的交际方式。

前段时间读到一句话："现在，时间宝贵，我们这个年龄再交朋友，那是奔着一辈子去的。"

看到这句话时，我与它不谋而合，像道出了我长久的心声。

茫茫人海，相对于与人人都保持着看似较好的朋友关系，我宁愿花时间去用心交几个真正的知心好友，经营几段比较稳固深刻的友情。无需多，三两个足矣。

这样的朋友是可以敞开心扉去向她诉说你的任何烦恼与苦闷，不用担心她会瞧不上你，会对你落井下石，会暗暗取笑于你。这些内心的芥蒂，皆可抛去。她会让你感到被理解，被包容，感到心安。因为，真正的朋友从来都是站在你的身后，默默去支持和帮助你的人。在你备受瞩目时，为你开心；在你遭遇挫折时，给你援助。

唯有历经时间的涤荡，途径人生的波涛起伏和沧桑世事萃取过后的友谊才如同一块璞玉般，可遇而不可求。

齐齐姐告诉我，最近她加了一个群，群里大多人的收入都是一年几百万甚至几千万的。她在那个群里最大的感触是"现实"二字。相对于他们的收入，齐齐自是比不上的。她显得有些落寞，虽然在我看来，她已是相当的功成名就，可在那个圈里，她的确不够出类拔萃。

齐齐姐颓然地说道，倘若现在的自己有更大的能力，更强的实力，可能她会发展得更好。我说："你已经很厉害了，你认识了那么多各行各业的人才，对以后的发展肯定有很大的帮助。"她莞尔一笑，说道："倘若自己不厉害，认识再多牛人也没用啊！因为，你根本进入不了别人的圈子。"

这是我听到的非常现实的一个故事。相比较于处在青春阶段的我们，认识的朋友都是同学、邻居、身边的人。因为彼此熟悉，经常一起，很快便能成为朋友，相互的友情纯洁的像一张素白的纸张，没有任何涂抹的痕迹。可成年后的我们，随着年龄的增长，结交朋友的因素越来越多，而距离早已在众多因素里变得微乎其微。

成年人的友谊像是被画笔点染过后的素描，不再纯洁的无半点瑕疵，它更取决于我们内在的渴望与对自身的期盼。

现在，我们会因彼此的兴趣爱好、性格秉性以及对方是否优秀等因素来选择朋友圈。但认识的人越来越多，看似好像都熟悉，但深交的不过尔尔。

与此同时，我们可以用来闲暇的时间少之又少，事业、家庭、兴趣、爱好等占用了我们大量的时间。这时，交友仿佛成为一件特别奢侈和令人羡慕的事。

好的友情就像一束光，总能照亮那些阴暗潮湿的角落，让我们对生命燃起新的希望，化解当下的纷杂与烦恼，在曲径通幽处与另一个全新的自己相遇。就像《我的前半生》里的唐晶对罗子君，在子君深陷泥泞时，对她倾囊相助，真诚相待，最后帮她渡过难关，开启了新的人生旅程。

然而，事物总是有它的两面。有好的友情，便会有不好的友情。它就像长在身上的一个疮口，总会在不定期的某个时间里流脓流血，让你措手不及，深陷痛苦与悔恨中。因为如果自己能预知和稍加注意的话，便不会有此遭遇。本是形影不离的朋友，在最关键的时刻，其中一个揭开了她丑陋的面纱，露出了让人不忍直视的一面，来自骨子里的丑陋，置自己的好友于不顾，比陌生人还残忍。这样的友情不禁令人心寒。

如此看来，结交一段好的友情变得尤为重要。

当然，每个人都有着不同的追求，有的人倾向于简单质朴的生活，有的人追求个人价值的实现，也有的人追求着掌声与荣耀。

我记得好友前段时间告诉我一句话。她说："静，我们不是没有追求，只是我们的追求不同罢了。"已结婚有两个宝贝的她现阶段的精力，大半都是在孩子身上。就像她说的，每天最幸福的时刻，就是陪着两个宝贝一起玩耍，做一个幸福的母亲。

不同的人生阶段，不同的人生追求，导致我们所选择的领域也全然不同。有强烈事业追求的女性，会选择在事业上给予自己更多建议和帮助的人成为朋友。把重心放在家庭的女性则会选择那些和她一样对美食、亲子、阅读较有兴趣的女生作为朋友。而对自身有着很高要求、很大抱负的女生，则会选择和成功的人做朋友。

成年后的我们，身边的朋友是什么样的，便决定我们是什么样的！人生短促而精彩，当下的每一个决定、每一小步都决定着未来的一大步。

对于友情，善待珍视，用心经营。一段好的友情，永远是内心值得珍藏的温暖一隅，在岁月深处，带给我们感怀与幸福。

李嘉诚曾说过："在你还没有足够强大、足够优秀时，先别花太多宝贵的时间去社交，参加各种各样的聚会，应多花点时间读书、提高专业技能，找准对自己的定位。放弃那些无用的社交，提升自己，你的世界才能更大。"

的确，只有提升自己，才是最基础、最根本、最势在必行的。

要做一辈子的朋友

如果人的一生可以用一本书来形容的话，我希望自己可以是一本词典，厚重、深邃、渊博。这不仅包括外在的学识、谈吐、风度，更包括自身的涵养以及为人处事和品性修养。

与我有过接触、交流的人有很多，但能被堪比成词典的人却寥寥无几。有一个人，她虽不及词典那般厚重，却有着夺目的人性光辉，在人群中熠熠发光，照亮着如我一般在前行路上始终努力拼搏的人们，给我们以指导、领路和解囊相待，她的魅力旁人难及。

因为她真诚、善良、热情，对需要帮助的人们倾囊相助，不求回报。

像一本厚重的词典一般。

之前看过一个小故事，说一个富豪的一千块和一个穷人的一百块，你会觉得哪个更有价值！答案毫无疑问，一千块对于富豪来说，可能不值一提，而穷人的一百块，可能是他的所有积蓄，愿意毫无保留地奉献自己全部所偿，那份心意已是无价。

齐齐对我们就像那位慷慨的穷人一样，毫无保留。

我时常感到幸福和好运，因为一路走来，认识了很多有趣的灵魂。在生活上，她像姐姐更像老师一样，聆听着我的烦恼，帮我分析，给我建议，将我从迷惑痛苦中解出，给予我新的启迪和鼓励。

如果说，对于这样的相助，我能回馈些什么的话，好像微乎其微，无法与她们的付出相对比与等偿。我只能在成长的路上始终记住她们，记住那些善良的付出和满满的感动，待日后羽翼丰满、茁壮成长之时，去给予更多的能量于那些需要帮助的人们。

福来者福往，爱出者爱返。

齐齐与我相识快三年了，我见证着她从累土构建九层之台，更坚信假以时日她会有一番令人瞩目的成就。这并不是因为，如今的她有多么耀眼的成绩与光环，有多么不可一世的背景与人脉，而是她的真实、努力和向上的精神感染着她身边的每一个人。

她如同一本词典，又像一本百科全书，总能给我们答疑解惑。

真正的朋友，是交往再久也能关系如初，相互间不会因为时间的跨越而变淡，不会因为周围的人来人往而疏浅，更不会因为别人的闲言碎语而心存疑惑和芥蒂。而是在与人谈及时，会时常庆幸和感恩，能够认识这样的一位朋友，想起她便会眉眼间含笑。在她开心幸福时，能比她更欣慰与满足。

我想，将来不管我与齐齐谁更先有所成就，那么另一个一定比当事人还要开心和雀跃。

这几年，和齐齐一块努力，便是我工作以外最充实和快乐的时间了。

我们相互间有过许多美好的约定，比如，一起去重庆拜访王恒绩老师，王老师是齐齐最崇拜的人之一，她希望未来能像王老师一样，在大学的课堂里给学生们传道授业解惑；比如，约好一起去参加刘老师在上海的跨年演讲会，刘老师在巴黎旅居十几年，有着多重身份，最重要的是，他也是一位热爱文字的写作者；比如，约好一起去国外旅游，我给她当导游和翻译。

我时常开玩笑对她说，希望你越来越好，以后带我到处飞。她也会对我说："警花，你文采那么好，以后一定比我强。"我深受感动，她认识那么多优秀的写作者，我的文采尚且平平，我知道，这不过是对我的鼓励与鞭策罢了。

去年，和蒋老师、齐齐一起参加插画师一格的婚礼时，我们两人一起同住一个房间。也是从那晚，我们的关系有了突飞猛进的发展。在这之前虽与她见过几次，但因为她过多的头衔与光环，始终不敢敞开心扉地去接近她。

但是走近后发现，她是一位如此亲切可人的姐姐。她很聪明，对很多事物总能洞悉其精髓，然后凭借着自己的理解，找出其本质。因此，很多难题在她面前很快便不攻自破。

我们聊了很多很多，大多时候，是我在问，她在说。她说话与写文一样，很有吸引力，总能抓住人们的关注点，很容易就能让人信服并产生共鸣。原来，成功也是需要天赋的。

但她很少说自己有天赋，因为再多的天赋，在她的努力面前都会相形见绌，不值一提。

想到每次与她相见，和她吃饭时，她总不能专心一致，其实不止吃饭，任何时候都是如此。她经常一边教学，一边回复着读者的信息。因此，每次见她，她总是忙碌和憔悴的。

她有两个孩子，儿女成双。女儿开朗活泼，绘画作诗样样在行，在齐齐的感染下，琴棋书画，样样擅长，性格又十分喜气、懂事。儿子稍小，有点内向和羞涩，也有点淘气。齐齐每次外出，恰逢他们放假时，都会尽量带上他们，让他们增加阅历、开阔视野。

知道齐齐姐如此繁忙，平时便更不忍心去打扰她。但每逢遇到难题和困惑时，我又忍不住去询问她。

这时，她都会发来很多文字，给我说那些她经历的，耳闻目见的故事，从远处、从高处、从深处帮我剖析，替我规划着未来。每次聊天后，我都会豁然开朗，又重新燃起对生活的斗志与希望。而齐齐，她也会向我诉说她的未来与期待。

我想，我期待的朋友间最好的关系便是如此，看着彼此一步步成长为最好的样子，在黑暗处，给你以光芒。在星光璀璨处，给你掌声与拥抱。

齐齐出版了她的第一本书，认识她的人基本都在网上购买了，这也体现出她在大家心中的魅力与影响力。

但她对自己有着很高的要求，几乎很少向熟人售卖自己的书，她总说，写作者应该保持初心，那是对文字的，是对纯文学的，不管将来选择哪条路，最终的归处依旧是希望自己的文字能够更加深刻，给人以触动和警醒。

她多次对我说："我们相识于微时，将来是要做一辈子的朋友。"

我使劲点头，是的，一辈子，要做一辈子的好友。

第五辑　岁月如诗　阅读流年

像热爱生活一样热爱艺术

世界如此美好广博，我野心很大，不能选择怎么生，怎么死，但我能决定怎么爱，怎么活。只向美好的事物低头。——陆苏

车在公路上行驶着，不经意望向窗外，一个五彩斑斓的世界置若眼前。山岚深处的刺眼阳光慢慢变得温和，左右两边一望无际的稻田在变换的金色或橙色光照下，仿佛蒙上了一层薄雾，彰显着秋的无穷魅力。鸟儿在电线上左右徘徊，向远方张望着，忽而一阵疾速地飞向天空，消失在人们眺望的目光中。乡野路上的晚风透着微凉，夹杂着淡淡的花香。这傍晚的美景令人心驰神往，流连忘返，更让人婉转柔肠。

欣赏美景的同时，将手中的书一页一页地翻阅着，只是那纸上的字不断变换着颜色，从金色变为橙色，最后逐渐模糊不清。只好将书合上，感慨着，傍晚的美景终是被深夜的漆黑所覆盖。可夜晚一点也不孤单，因为有朗月星辰，便更加诗意。白日里的繁杂事务都从脑海消失，夜是冷清的，却又是繁华的，更是艺术家笔下的浪漫所在。

其实生活中的美远不止画家笔下的画，还有诗人口中的诗抑或是摄影家相机下的镜头。它们帮助我们发现了这些美好，把我们从错过的时机中慢慢拉回，意识到，生活远不止琐碎繁杂，还有萧萧竹叶，悠悠白云，亦有繁花满枝，碧海青天，更有无穷无尽的诗意。也许，繁华尽处，寻一无人山谷，建一木质小屋，铺一青石小路，晨钟暮鼓，安之若素。在一段如莲的时光里，更是淡若清风，自在安宁。

认识很多喜爱艺术的人。他们兴趣广泛，绘画、摄影、写作、乐器、舞蹈等，有涉猎其中一二，也有全部擅长，是名副其实的才华横溢。这些兴趣也许并不会给他们带来很丰厚的物质收入，却能让他们越发地热爱生活，享受生活，追求着内心的从容与安定。

人生像棋，人生如酒，人生若梦，人生似戏，我们所能做的只是在命定的故事中演绎自己。可世事繁杂，众生百态。有时好奇着为何有些人不愿活在当下，却去追逐一些已经失去的或者力所不能及的事物。如此，又何谈享受人生！曾经以为所谓享受生活不过是每天有好的睡眠，吃喜欢的美食，有自己的爱好，有自己的追求。现发现，它远远不止这些。只有当心灵真正开阔，视野逐渐宽泛，即便每日粗茶淡饭，平平淡淡，我们依然可以享受生活，拥有会心的微笑，享受着生活的真谛和乐趣。

曾认识一位女孩。几年前的她总会向我抱怨，深夜给我发着信息。说她睡不着，为工作，为爱情，为一切年轻人普遍焦虑着的问题。我耐心地倾听，仔细地为她分析，探讨解决的办法。对她而言，这些都收效甚微，可当我忙于工作，很少和她联系、逐渐疏离这段友情时，却又能陆续收到她的信息，她做美食、做刺绣、学绘画、学舞蹈，更是每天都会写些日记。言语间，全是喜悦的气氛，从她的声音中，我仿佛再也找不到当年那个爱抱怨的女孩了。

她告诉我，通过这些爱好，她爱上了所有美好的事物，更是开始享受生活。现在过得特别充实，每天都很开心，很多事情也想开了，不再做无谓的努力。最重要的是，她对未来充满着期待和向往，坚信自己将来一定会越来越好。我们约着见了面。那天她远远地走过来，阳光下那个灵动美丽的女孩像是我从未认识过一样，我被她的笑容深深地感染着。或许，热爱生活真的能改变着一个人吧。

很多人会觉得热爱艺术是很遥远的事情，每天的柴米油盐都让人忙得应接不暇。老人小孩都需要照顾，哪里有额外的时间去欣赏、去体验那些美好呢！其实不然，那院里的桂花开了，飘着沁人心脾的香味。路边的紫薇绚丽多彩、随风摇曳，呈现着婀娜的身姿。小吃摊上的烤红薯散发着诱人的香味，这些小的美好，我们无不为之感动着，而它们就是我们身边最近的艺术，给我们带来了最真实的欣慰和快乐。我们一生复杂，一生追求，总觉得幸福遥不可及。却不知，那朵花啊，那粒小小的沙子，便在你的窗台上。

汪国真说热爱自然，造就了伟大的科学家；热爱人类，造就了伟大的文学家；热爱祖国，造就了伟大的政治家；热爱生活，造就了伟大的艺术家。而我说一个热爱生活、热爱世界的人，总是会欣赏每一束阳光、每一滴甘露。

唯钟情于这凛冽的冬

走过四季，游历山川河流，俯瞰岁月苍狗，流连于万物复苏的春，小雨初晴的夏，寂寥萧索的秋，雪花纷飞的冬，却独爱这清冷蚀骨的冬，把最凛冽的一面展示给世间，收获着感人的温度。

爱冬的色彩

我爱冬，爱它的色彩，就像一幅油画，浓抹淡写，随意自然，常令人驻足、凝望、感怀。

冬是有色彩的，凌寒独自开的蜡梅，不与百花和春争宠，在料峭的冬季独傲群芳，孤芳自赏，不与寒冬争高下，越是风欺雪压，花开得越精神。

那苍松翠竹从不畏秋之悲怆，冬之孤寒，毅然挺拔如炬，坚韧如斯，积蓄着生命需要的能量，蓬勃向上，坚贞不屈，把绿意和四季如春留给观赏者。长松落落，卉木萌动。寒暑不能移，岁月不能败者，唯松柏为然。

那色彩艳丽的鸟儿，都扑扇着翅膀南飞了，乌鸦却仍在北方的雪野中挺立着。它那粗哑的叫声，带着满腔的幽怨，有人间的色彩。虽比不上黄鹂翠鸟，却有着能触摸到的温度。

在雪地里，停在干枯的枝丫，和牙牙学语的儿童或是悠闲兴步的老人在雪地里说着悄悄话，老人笑了，孩子乐着，乌鸦仍旧扑哧着双翅，在雪里长久地驻足，像是在等待着它的下一个使命。

那河里深有几尺的冰块，吸引着无数的目光，孩子在父母的牵引下用石块轻轻叩击，听着冰块慢慢碎裂的声音，从水里捞起，放在掌心，注视良久，为何如此坚硬，全然不知手指早已通红。

倘若那冰块结得更坚固，任是斧砸钎凿都难以弄碎，大人们也难抵童趣，带着孩子在冰上漫步，感受着冬天的乐趣。

那一群少不更事的小伙伴，翘首期盼着冬的光临，看着屋檐下结的长长的冰晶，像是锐利的兵刃，相互交换着，如战场上的士兵等待着一场势如破竹的正面交锋，热血澎湃。

那些等待着雪花降临的少年们，才不管雪花是厚重或是稀少，硬会弄出个长长红鼻子的小雪人，不停地瞅着，时不时地变换着着雪人身上的衣服，还要写上自己的名字。当然，在雪里还可以撒欢地疯跑，不担心鞋子外衣被弄脏，冬至缱绻，百媚生花。

爱冬的韵味

我爱冬，爱它的韵味，就像一杯醇酒，只有等到所有的苦痛都经历一番之后，才可慢慢品润、咀嚼、回味……

有人说春日好，百花齐放，百鸟争鸣，一切都是生机盎然，充满朝气的。像含苞的花即将绽放时的喜悦，像南飞的雁归来时的动容。春华秋实，春林初盛，如果说春天是那初融的冰，那冬天则是积蓄已久的源泉，没有冬日的孕育、积攒、存储，便没有春之华丽蜕变。

有人说夏日好，惬意地躺在舒适的摇椅上，手持一把蒲扇，在星光点点的月色中，看夜空中不时闪烁着的流萤，低吟着古人的那句"绿树阴浓夏日长，楼台倒影入池塘"。夏天的世界是万物最有生机的样子，一片绿色的田野，郁郁葱葱，生机勃勃，满是夏天的芬芳和万物生长的激情。可我依然想说，我喜欢冬，就像杜拉斯说的那句，"与你年轻的时候相比，我更喜欢你备受摧残的容颜，于夏花的灿烂相比，我更爱冬雪之晶莹"。

有人说秋好，"自古逢秋悲寂寥，我言秋日胜春朝"。的确，"停车坐爱枫林晚，霜叶红于二月花"，秋天是浪漫更是绚丽的。

艺术家和诗人眼里的秋不仅瑰丽而且多情，"明月清风传我信，天凉还请自添衣"。天气渐凉，中秋月圆，多少人心中的深情被牵动，只能以一处处秋景来寄托。

可我依然喜欢冬，看似无情却有情，在绝望中给人以希望。

爱冬的温度

我爱冬，爱它的温度，就像一段旋律，在冬风里感知的是寒冷，在冬雨中感知的是惆怅，在飞雪间感知的是浅淡、是恬然、是莫名的清幽……

冬天是最富有温度的。

晨起上空里的一抹暖阳，把心中的希望燃起，点亮和温暖着一颗颗孤独的心灵。屋里的小火盆，全家人一起围炉夜话，畅谈无阻，灯火可亲，时光暖心，乃岁朝乐事。

在春运的滚滚热潮中，那一辆辆开往家乡的汽车，载着的是一颗颗游子想要归家的心。

　　那一碗碗热气腾腾的饺子、一桌桌精心准备的盛餐、一盏盏永不熄灭的等待着家人归来的灯，都是隆冬里的最有温度的一抹热气。

　　什么是人生？这雪，唯有冬天才可出现，它只能活在寒风中，所以这隆冬，就是它的人生。

　　雪，只可以活在冬天，靠近火，它就会死去，这也是它的人生，无论如何向往夏天，可它……只能远去。

　　所以独爱这诗意的隆冬。

春夜喜雨

    细雨拭去稚气，在未到来的五月里倾情舞蹈，绝恋般的与缤纷的四月告别。雨水磅礴了春天的步伐，留下了一地的记忆和哀婉，在风起的日子里，片片落叶也绝尘而去，去追寻着属于自己的舞台。

    霓虹下的夜晚在风中摇曳着，滨江路下的行人悠游且闲信，远处的城市模糊了记忆中的琐事。相隔着久远的时光慢慢从心间抵达。埃菲尔铁塔的厚重，马格德堡水桥的壮阔，日月潭碧水可曾亲切感动，鼓浪屿的万国建筑之迷幻魂牵。时间吹红了桃花，吹绿了柳树，吹乱了人心，吹白了青丝！

    一个人的夜晚是刚刚好的，月色在幻想中添加了些许迷人的浪漫，石子路被踏出了酥酥的绵软。绽放在黑夜的花朵是自醒的，孤芳自赏，凋零抑或是绚烂，只为内心的悸动，自得美满，旁若无人。

    星星斑斑点点，童话中的故事总是美好的，闪烁着传奇的光芒，令人遐想无眠。载着满满的愿望，抚慰、勉励着人们的心灵，在梦想的天空中，无限缱绻。

走近人群中，热闹而陌生的话题，或许比不上脚下的一株小草，对我而言来的更有兴趣。它孤独地挺立在万物中，坚韧又孤傲，即使不能高大若松翠，至少也成就了唯一。

万家灯火，可亲可敬，温暖分忧。脚下的路与远处的光若即若离，两两注定离经叛道，久久不能汇聚，心间多了一份长久，脚下便生出了一份遥远。

湖上的风在夜间小声地低吟着，风与夜总是会有很多秘密，尘世人的心事却无处诉说，遗忘在每一个寻常的夜里，将记忆的阀门开了又关，只为留下心中的美好。

周遭是寂静的，它哗哗然、簌簌声、浅吟吟，零落不了游子之心，纷至沓来的歌声，怎能进入难以企及的梦境，又何轻易撩动磐石的情思。

眼逡巡得些许疲乏，择一处，住进了夜里，夜的世界不再逊色于白日的彩色，尘埃落定之后，酒后道不完的故事，仅在眼角的柔波和那深处舒软的夜里。

青绿的天地中加入了不明的晶莹透亮，模糊的视线，无声的泪或早到的露，生动了草原，安故何处？

黑夜中的世界是看不清的，心却明朗如镜，对比下的冲击，伤心总是聚拢而来，未在深夜哭泣的人们，不足以谈人生。

写诗的女孩开窗遐思，绘画的少女挥洒笔墨，笔下的诗，桌上的画，最美的时光，每一笔都肆意舒展，美好的让人不敢直视。

明日的晨光依旧会照常升起，花枯花开，鸟鸣雨落，心也渐渐宽宏，风不定，人初静，今日落红应满径！

晨光微语

清晨，拉开窗帘，一抹温润的阳光从树梢直入眼中，惺忪着双眼，忽而陶醉于眼前的生机勃勃中。

细碎的阳光在树中斑斑点点地洒落下来，像是波光粼粼的湖水，又像是少女浅浅的笑。秋天里的晨光不似夏日那般夺目，也不似正午时光那般光芒万照，它更像是万物的庇护者，叫醒了一个又一个沉睡的灵魂，给予最好的陪伴，看事物茁壮成长、欣欣向荣。

真喜欢这晨间的万物、怡人的气候、凉爽的温度，楼下跳舞的老人，在音乐的节拍下翩然起舞，那俏丽的身姿和稳健的步伐丝毫不逊色于青年舞者。很快，一个熟悉的身影跃然眼前，去买菜的阿婆携着一脸灿烂的微笑，从外地过来照顾儿子一家，离家数年，虽已过半百，却总是从容欢喜、神采奕奕。

我住在一个有些破旧的大院里，从院里曾经的建筑和植栽的大树可以看出，之前这个院子一定是有过一段辉煌历史的。走在两旁栽满桂花树的小道上，清风中夹杂着树香、花香、晨香，使本来就明镜般的心情更添几许明媚。几只鸟雀在树上或停驻或游走，这或许是旧时王谢堂前燕，如今已然飞入寻常百姓家！这鸟儿和这看鸟的人心情都是悠然的，丝毫没有沉寂在过去的斑驳回忆中，也许是默许这种盛极则荣、衰却不尽悲哉的禅意了吧。

相反，喜欢这样的冷清，这样的古朴气质。或许是人到了某个年龄，外界的繁华和喧嚣早已比不上淡然与清静。

不久前，有幸见到三十年前曾任局领导和所队长的前辈同事们。而今都已双鬓染雪，昔日风采早已淡去，谈吐间大多是谁还健在，谁身体又如何的话题！

的确，岁月是最无情的，人生何其短暂，匆匆数十载，所有名利是非，不过是转瞬即空，不过是随着时光渐渐黯淡至虚无罢了！

思绪又被慢慢拉回。

撑起一把从苏州带回的油纸伞，便多了几分心境。漫步在碎石铺成的石子路上，路边的牵牛、蔷薇像是在和我招手一般，开得极其旺盛，叶绿得发亮，花红得似火。这条每天必经的小路，虽日日看，每一次却都有着不一样的感觉。还记得去年我住的不是这个院子，走的也并不是这样的小路。原来不论是人或是景，都是命中注定的缘分，唯有好好珍惜，才能不负韶光，不负青春。

时光总是飞逝，须臾间，阳光已爬上发梢，蓝色的天空下有着一排静谧的树，这一刻，只觉岁月静好、平实安定。

你的文字里，藏着你的气质

　　早起读王维的诗，"漠漠水田飞白鹭，阴阴夏木啭黄鹂"。朦胧着的双眼瞬间清晰起来，此时眼前仿佛有一片广阔的水田，白鹭翩然起飞，浓密的树林里，黄鹂婉转欢唱。深深浅浅的绿，清新明媚的黄，最是那盛夏的一抹岁月静好。原来一句美好的诗瞬间可使人眉目清秀，心旷神怡。

　　再读便是"野老与人争席罢，海鸥何事更相疑"。字词之间诗人似乎放下了心境，正享受着一枝一叶的美好，但人们依旧怀疑诗人只是假装隐居罢了，并未和现实的政治完全脱离。但倘若诗人的确享受归隐田园，幽居巷陌的生活，又怎会计较别人如何看待他呢？又何来海鸥何事更相疑呢？

　　文字便是如此，它无时无刻不彰显着一个人最真实的心境，即便一千多年过去了，我们仍能从一问一叹中鲜活地感受着作者当时的怅惘或无奈。

　　所以有人说，一个写作者，如果想写出好的文字，那必须是一个有情怀之人。首先要有悲天悯人之心，要有能透过现象看本质的聪慧，更要有体察万物的高度和格局。除此之外，亦要善于思考，勤于总结，乐于实践，因为每个人的文字都是作者思想的结晶、智慧的凝练。代表着他所有的处世态度和人生哲学。

是的，若想写一些有意义的文字，做一个不被读者诟病的作者是每个写作者的梦想。所以时常会害怕，会忧虑，通往写作的高级殿堂要怎样做才能不被抛弃呢？

做一个有情怀的人

很喜欢一句话，"你承受别人所不能承受的，才能得到别人所得不到的"。每个人都有着不同的人生阅历。大多数成功者，一路走来不都是尝遍酸甜苦辣，历经挫折考验，遍体鳞伤呢！只是后来那些受伤的地方都成了他们身体最强壮的地方。

就像一句电视剧台词说的那样，"没有人告诉我长大以后的我们会做着平凡的工作，谈一场不怎么样的恋爱"。原来长大后没什么了不起，原来少年的你才是最勇敢的自己。

曾经年少气盛，会因有些不怀好意的指责而怒气冲天。但如今，再面临那些冷眼或无端非议后，只会悄然地转身，告诉自己，世间若有人谤我、欺我、辱我、笑我、轻我、贱我、恶我、骗我，如何处治乎？只要忍他、让他、由他、避他、耐他、敬他、不要理他，再待几年你且看他。

勤于学习

喜欢看书，上班时包里依然会带上一本书，在午休的时候总是会翻过几页。看外国作家的书籍总是会让我从身边的琐碎中抽离出来，继而进入一个和自己完全陌生的世界，去感受一个全新的人生，和作者一样经历着故事中的跌宕起伏、快意、幸福、感动，从而拓宽眼界。有时也会去看比较熟悉的国内作家的书籍，他们是我长久熟稔于心；也有一些是在现实中，见过面的草根作家。从他们的文字中更多看到的是一种对生活的热爱，对未来的向往，对美好的追求。那些文字折射出他们的爱好、特长、心境和忧虑。

就像小隐居于苏州，她喜爱花草，会弹古筝，精于刺绣，从她的文字中便能看到一个丁香花般的女孩，撑着油纸伞幽居在苏州的平江河边带着一抹浅笑的样子。而陈小琛是在北京打拼的年轻人，他和大多数北漂一样，没车没房，潦倒时，住过地下室。他书中写的大多是和他一样，在北京独自奋斗的年轻人当下的状态——孤独、穷困、迷茫，却依然对未来满怀憧憬。无论那些文字是像涓涓细流般，又或是像一块沉重的烙铁般，都打动着我，在感慨时间流逝的无奈中获得一丝丝慰藉和充实。

心中的诗和远方

我大学主修的是旅游管理专业，那时的旅游业完全不像如今这般普及。但有亲戚说，它是一个朝阳产业，未来一定会大有可为。似乎我也在冥冥之中感受到了这个迹象，这便是我当时报考它的原因。

学旅游的人哪里有不喜欢旅游的呢！我亦如此，正如行过许多地方的桥，看过许多次的云，便更爱行走远方了。那些遇到的人、见到的景、走过的路，也让人生变的更加广阔和精彩，眼前的世界是欣欣向荣、包罗万象的。也曾有过骑马倚斜阳，仗剑走天涯。出走半生，归来却仍是少年的炙热之梦，绚烂至极又归于平淡。

就像王维笔下的"空山新雨后，天气晚来秋"之景，虽让人兴致盎然，好生羡慕。而我却更陶醉于陶渊明笔下"采菊东篱下，悠然见南山"般的质朴田园生活。

文字不同，气质亦不同，欢喜因而相异。

在岁月中酝酿浓度

王小波曾说："一个人只拥有此生此世是不够的，他还应该拥有诗意的世界。"

这份诗意的美好，我正慢慢领悟并坚持追寻着。独自吃饭，独自在车水马龙的街道穿行，偶尔能听见风吹疏竹和自己的足音。可你要问我，孤独吗？好像从未有过，我独享受这份静谧的美好。却好像又有些，因为在二十四节气中的白露里，念着古人那句"露从今夜白，月是故乡明"，想象着作者在白露的夜晚，清露盈盈，思念着天各一方的亲人，却又面临着频繁的战乱，满目沧桑，思乡心切。秋意似乎更浓了。

从街巷走回住所。完全抵挡不住夜里的冷风，肆意地吹在身上，像是强风中的茅草，下一刻便会露出憔悴的面容，弱不禁风、脆弱不堪，却又像是心中驱使罢了。在风中穿梭，闪烁夜空中的星光只见些许，那平日里浓稠似蛋黄的月亮也无踪迹。想必都是去团圆了吧！回到居住的地方，远远望着大楼，正如我所预料到的那般，平日里充满着嬉笑打闹、喧嚣热闹等各种声音，此时此刻却是漆黑一片、沉寂无声，如一位师者

188

般严肃。

由衷觉得这是一个静谧的夜。有着"万籁俱静天渐晚，雪漫溪山候知音"的岁月静好。这样的夜里最适合品茗茶清香，听虫鸣鸟叫，闻花香处处！而我正从书屋归来，携带着一身浓浓书香！

成为作家是人生中的一种机遇，我们不必强求。但面对短暂的一生，我们都应尽最大努力去尝试不同的领域，方能在垂垂老矣后，不后悔、不遗憾。

人生如逆旅，我亦是行人。较之平淡无波澜的生活，更喜欢激情澎湃、生动鲜活的日子。较之稳定单调的人生，更爱狂傲不羁的岁月。所以，最喜欢的歌词是 beyond 的那句"原谅我这一生放荡不羁爱自由"。那么随性、潇洒，充满激情。所以我选择了刑警这份工作。它让我感受着社会的阴暗，见识着犯罪分子如何一步步跌落至社会的深渊，让灵魂被邪恶所掩埋，直至走向无法挽救的道路。平淡的生活里永远有我们想象不到的恶，同时也有我们想象不到的暖。

今天，我们有"70后""80后"羡慕的生活环境。当然，我们也羡慕很多的"00后"。他们似乎才是时代的宠儿，有着绚烂多姿的童年生活，可我们的童年生活中也有他们无法感知的清贫与快乐，而这些足以让我们回味和铭刻一生，是值得炫耀的人生财富。

欣赏才华横溢之人，与此同时，更敬佩默默耕耘的脚踏实地者。似乎他们更知道自己是不完美的，需要付出比他人更多的努力，才能达到别人轻轻松松就能到达的高处。

脚踏实地者有一个优点，做什么都能做得很好，因为他们知道自己不行，所以比普通人更努力。最后通常比那些有才华的人成就更高些。

在岁月的长河中，希望我们心中有光，脚下向阳，在岁月中酝酿自己的浓度，只为等待那一刹的绽放。

人生最大的成功，是以自己喜欢的方式过一生

晚上读着媒体从业人员绿妖的故事，潜意识里的关于理想生活的样子似乎就在她所经历过的人生中，渐渐清晰，有迹可循。

她的名字并不被人熟知，她的作品更未一夜而红。与一些久负盛名的女作家相比，她不过是如无数热爱文学并以此作为毕生事业而去追求梦想的普通人一样，自由、随性、果敢地过着自己向往的人生。正是这般，也诠释着那句被无数人提及的话语"人生最大的成功，就是以自己喜欢的方式过一生"，堪称是大多数人向往的生活。

我最欣赏的依旧是她的生活态度，随心所欲地往前走，不用顾忌周遭，不用去担忧未来，去思索因没有物质支撑而患得患失的生活。全心全意地享受当下，潇洒、自由。她是一位对物质欲望远低于精神需求的女子，需要的并不那么多，一个人尚有敝屣素餐的日子足矣，于她而言，对精神愉悦的追求从来都是高于其他需求之上的。

物质和精神层面所带来的满足是我们所有人一直竭尽全力追求的，它们可兼容，却给人带来快乐和价值。

大多数人依旧是保守的，很少有人为了爱好辞去当下的工作。所谓的爱好能作为事业自然是令人欣喜的，但多数只能扮演充实生活的配角，增色添彩，怡养情操，将单调的生活变得绚丽多姿。

　　读完绿妖的故事，朋友陈小琛便在我脑海中浮现：或许，若干年后，他会成为下一个男版安妮宝贝，或许可能是男版绿妖。

　　一个月前，他说要带着新书到山东济南做分享会，这已是他带着他的新书去第三个城市做分享。苏州是第一站。这样的分享在我眼里是再酷不过的事，像明星开演唱会一般，粉丝云集。我猜测，他的粉丝一定也不少。

　　曾经捧红过许多写作小白，如今他们中的很多人都成为畅销书作者或是公众号达人，对于他这个曾经的伯乐，自是不忘恩德，对于他的新书，分享会，都给予了极大力度的支持。

　　他微信号叫"陈同学"，我也喜欢叫这个称谓。像是一个熟识的同学。"喂，陈同学，济南我没去过，可以去济南参加你的分享会不？"他迅速地回复了我："静静，当然欢迎啊，到时候我让你现场发言！"我心花怒放，简直乐不可支，真想马上去现场参加！和大作家零距离接触和互动！"喂，陈同学，你在北京吧，我可以去北京找你当导游吗？""当然可以，你来，我请你吃北京烤鸭！"这就是温暖又接地气的作家陈同学！我桌上一直放着他的新书《你好呀，孤独的年轻人》。那是他从北京寄来的，每一本都写着寄语，还有两本让我送给我的好友！这本书，我用了一天一夜看完，碰到喜欢的书籍，我向来不管睡眠质量和其他！

　　被他书籍里记录的每个小故事打动着，其中还有陈同学自身的经历，一个只身前往北京闯荡的"90后"，曾一无所有，只有关于文字的梦想。现在，依然在北京为梦想努力着，写着那些简单、朴素、令人感动的小故事。父母曾经劝他回老家。可他执拗，就算是流浪，也并不计划回去。

因为他的梦想已扎根在那座城市！

济南的分享会最终还是没去成，北京依然没去成，我成了他眼里只会放鸽子的不靠谱朋友。不过，他是定不会生气的。因为以后我还要给他的新书写书评呢！愿他能早日如愿，写出自己最满意的作品！

一言，她是一位教师，励志又自律，她的梦想是走出农村，前往城市工作。三年前，二十二岁的她实现了梦想，考上了市里的教师。从此，告别了尘土飞扬的乡间小道，来到了喧嚣繁华的都市，也迎来了崭新的人生。

她爱好读书、写作，在读书群里几乎坚持每日打卡，影响着无数同样爱好写作的朋友，一起收获着成长。

她喜好摄影、绘画，在读书分享会的现场和书友分享着每一幅图画背后的成因和背景，讲述着每一张照片的由来和故事。

不知不觉，我被她描述所有关于梦想和生活的故事所打动。那是一个女孩实现自我的奋斗史，那份执着和勇气，存在于尚处于年轻阶段的每一个人的心中，是毛姆小说中的皎洁的月光。就从那刻开始，她成了远处的一座灯塔，给所有人鼓舞与希望。

由于我和一言有共同认识的友人，所以很快成了朋友。偶有聊天，得知她有着并不优渥的童年，却从不屈服于命运，脚踏实地，一步步努力，如今早已过得光彩照人、令人艳羡。

放假的时候，她会去各个城市参加喜欢的读书会，也会回到乡村用相机和文字记录田园生活。既可以教书育人，又可以诗情画意。

如今她的人生，也正如她最爱的那句话："过最热烈的生活，写最深刻的文字。"

她是自己命运的掌舵者，且歌且行，从容淡定。

人生最大的成功，就是以自己喜欢的方式过一生。

愿我们每个人都能如绿妖、陈同学和一言那般，过上自己想要的生活，既可以朝九晚五，又可以浪迹天涯，以梦为马，随处可栖，不负韶华，眼里有星辰，心中有山海。

因为我认为的成功就是以自己喜欢的方式度过一生，默默努力，超然也淡然。

那些花儿

　　记忆中，每次不开心的时候，就会买很多很多的花儿回家，放在壁橱、阳台抑或是餐桌上，看着五彩缤纷的、争奇斗艳的、生机勃勃的花儿绽放在每一个不知名的角落里，无所谓有没有人欣赏，无所谓花期多长。只是在有限的生命里尽情地肆意地活着，看着它们，仿佛自己也从黑白单调的世界来到了五颜六色、炫彩夺目的另一个世界里。那些心中的不悦和黯然也都随着鲜花的绽放悄悄溜走。

　　喜欢花的原因实在太多了，用再多的手指都数不过来。开心时、生气时、寂寞时、狂欢时，它们就像生命中最虔诚的好友一样，陪伴着我度过了每一个令人难以忘怀的日子。如果说，这些花儿是有感情和能够呓语的，我想它们的坚强和乐观以及在每一个落寞的夜晚或是消沉的午后，它们都会以独有的方式告诉我，要坚强，这是令人感动和欣慰的。亦如，龚自珍所说的，"落红不是无情物，化作春泥更护花"。"花开堪折直须折，莫待无花空折枝"。

　　除去爱在花店买花，家中的花也自是不少的。父亲尤其擅长养些花草。房前屋后、院子里、屋檐后，只要是能够摘花的地方，都一定不会落下。这样每一块土地都有属于自己的一类花。紫薇光彩夺目，像是刚从阁楼中拂开面纱的新娘，灿烂明媚。玉兰娇羞遮面，像个还未经事的十八岁少女，撩人心魄。桂花零星点点却馥香满园，脚下的蝴蝶花儿也翩翩飞舞，错综布局在抬脚所触的每一片泥土里。花的世界、花的海洋将家中的小院衬托的愈加别致和风情。

近些日子，每每还没到家，几百米之外飘来的桂花香味都会让人停留须臾，闭上双眼，在还没能看见桂花的地儿，深深地，使尽最大的力气吸上一口，想把这香而不腻、浓而不甜的味道留在身体的每一个细胞里，享受那一瞬间的独自沉醉，诗意人生。

在闲暇时光里，父亲总会去拾掇他的那些宝贝，而我也总是跟着父亲一起，给花儿剪着过长或是杂乱的枝丫，给草坪里的星星花们拔些杂草，抑或是给那些爱生虫的花儿驱虫。每次做这些事都会让我觉得其乐无穷，因为可以和父亲一起听他讲述每一种花的种类以及关于花类的各种知识，颇有一番韵味，这也是我最爱做的事情。等到花开时，看着花儿在阳光下闪烁的风采，就会想到那里也有自己的一份功劳和心血，欣慰和幸福直达心底，久久不能褪去。

每每在家时，在慵懒的午后或是黄昏的傍晚，都会在自家小院里赏花。泡上一壶清茶，选一首大快人心的小曲，翻看一本书，端坐窗前，充盈在花的世界里，浅吟低唱或是抬头驻足，时间就在这样美妙的世界中停止了，清浅自在，安然优哉。

无论春夏秋冬，或是天晴下雨，自家院里的花儿总是会给平淡的生活增添几许生机和颜色。父亲的栽花技能总是会让朋友邻居们津津乐道，来院赏花的人也总是会络绎不绝，都会虔诚地想从父亲这里弄些幼苗或是获取一些养花的技术，然后满意而归。我也总是会问父亲，为什么我们家的花儿总是会比别人家养的得好。父亲笑说，养花的技术很重要，但更重要的是要有一颗安静和恬淡的心境，没有任何功利的目的去栽培它们。父亲也确实是在每一次外人高价争买我家的盆栽时拒绝，所以家里的盆栽越来越多，花的种类也琳琅满目，美不胜收。

这些更多的是父亲的心血和寄托，每每想起家中的那些花儿，脑海里也都是父亲辛苦的笑脸和那些深情的叮嘱。

摘花、赏花、听花，可唯不懂插花的艺术。上次听闻一个远方的姑妈会插花，父亲兴奋不已，直嚷嚷着要学会，然而姑妈回来次数太少，这事儿也被耽搁下来了。因此，父亲每每去花店，都会跟着卖花的小姑娘讨教几番，用心地把学到地记在笔记里，时不时地翻看着。

花的一生太过短暂，却从不平庸。她用尽生命绽放的每一刻，她忍受寒冬，在冬日里不顾别人异样的眼光孤独地开放，花儿的情怀更令我们敬仰与崇拜，那是值得我用一生去品味和学习的。

真正的平静，不是避开车马喧嚣，而是在心中修篱种菊，让心中繁花满枝。

在阅读中行走

古有诗云："蝶为才子之化身，花乃美人之别号。"

诗经中曾这样形容女子："手如柔荑，肤如凝脂，领如蝤蛴，齿如瓠犀，螓首蛾眉，巧笑倩兮，美目盼兮。"

西汉音乐家李延年有歌说："北方有佳人。绝世而独立。一顾倾人城。再顾倾人国。宁不知倾城与倾国。佳人难再得。"

好看的容颜固然令人欣喜，但倾城容颜，却敌不过岁月的蹉跎；如花美眷，也抵不过流年的易逝；岁月能留下的唯有历经世事的优雅和清纯高洁的灵魂。

美只愉悦眼睛，而气质的优雅则使灵魂入迷。

我们经常说到的好看的容颜千篇一律，有趣的灵魂百里挑一。

喜欢一个人是始于颜值，陷于才华，忠于人品。

这些都告诉人们，颜值从来都不是最重要的。

如果你问我最喜欢什么样的女子，我会毫不犹豫地说，喜欢读书的女孩。

因为，她不管走到哪里都是一道美丽的风景。她可能貌不惊人，但她有一种内在的气质：幽雅的谈吐超凡脱俗，清丽的仪态无需修饰，那是静的凝重，动的优雅，那是坐的端庄，行的洒脱，那是天然的质朴与含蓄混合在一起，像水一样的柔软，像风一样的迷人，像花一样的绚丽……

张潮在《幽梦影》中谈道："所谓美人者，以花为貌，以鸟为声，以月为神，以柳为姿，以玉为骨，以冰雪为肤，以秋水为姿，以诗词为心，吾无间然矣。"

读书、文学、诗词，对女性的重要性，不仅仅是幸运、见识、格局这些词能概括的。林语堂在《林语堂语》中这样说道："那个没有养成读书习惯的人，以时间和空间而言，是受着他眼前的世界所禁锢的。他的生活是机械化的、刻板的，他只跟几个朋友和相识者接触谈话，他只看见他周遭所发生的事情。他在这个监狱里是逃不出去的。可是当他拿起一本书的时候，他立刻走进一个不同的世界；如果那是一本好书，他便立刻接触到世界上一个最健谈的人。这个谈话者引导他前进，带他到一个不同的国度或不同的时代，或者对他发泄一些私人的悔恨，或者跟他讨论一些他从来不知道的学问或生活问题。"

的确，一个人只拥有此生此世是不够的，她还应该拥有诗意的世界。

在中国文学界，被世人尊称为先生的女性，我所知道的，除了杨绛，便是叶嘉莹。

叶嘉莹在南开大学的分享会上谈到了自己近四十年从教经历及对诗词的感悟："我这一生别无所长，只是特别喜欢诗词而已。因为诗歌里除了简单的文字，还有词人的品德、理想和执念。"她用《论语》里的几句话，表明了自己对诗词的态度：子曰，"朝闻道，夕死可矣"，"君子谋道不谋食，君子忧道不忧贫"。

当我们再次阅读起她的诗词，作品《浣溪沙》："又到长空过雁时。

云天字字写相思。荷花凋尽我来迟。莲实有心应不死，人生易老梦偏痴，千春犹待发华滋。"

在南开大学为她建的"迦陵学舍"的一面墙上刻上了她写的词："一世多艰，寸心如水。也曾局囿深杯里。炎天流火劫烧余，藐姑初识真仙子。谷内青松，苍然若此，历尽冰霜偏未死。一朝鲲化欲鹏飞，天风吹动狂波起。"

这些诗词道尽了她波澜起伏的一生。可无论是什么时间，她都是白昼谈诗夜讲词，诸生与诗共成痴。她一生所遇到的坎坷和磨难，也都是诗词给予了她莫大的力量和前进的动力。因为读诗不只是读诗而已，诗歌修身养性，它会教你如何做人。

胸藏文墨怀若谷，腹有诗书气自华。

唯有书香能致远，读书万卷始通神。

有人会说，诗词是文艺从事者眼中的阳春白雪，而我们的现实生活不过是一地鸡毛。柴米油盐酱醋茶是真正的烟火幸福，琴棋书画诗酒花只是空中楼阁。可生活的迷人之处从来都是：即便是一地鸡毛，我仍旧把它当作风飘柳絮。

就像我因诗词、写作结识到的友人们，生活因为有了诗词的点缀和艺术的着色而愈加精彩丰富。当然我也因为认识了她们而无数次感慨世界的斑斓多姿，人生的五光十色。

很多年前，我在大学的最后一年实习期里做着酒店的服务员工作。餐厅服务员是酒店里负荷量最重的工作，去的时候恰恰是一年中最寒冷的冬天，而我们的工作服都是单薄的长裙，酒店的包厢外没有空调，每天工作的时间是从早上的八点半至深夜，仅仅是站着，都需要强大的意志力支撑。而我们需要做的还有收拾餐桌、洗碗筷酒杯、面对客人的挑剔或轻视，一天下来早已经筋疲力尽。

而每次回到宿舍后，当大家都忙完准备休息的时，有一幕总是会让我特别不解和难忘，一位瘦小的室友总会静静地坐着床旁，手捧着一本厚厚的书看得津津有味，眼里泛光。我有些好奇，就问她看的是什么书。令我感到惊奇的，不止有她手捧的那本《最美的宋词》，还有她书中密密麻麻的横线和小字，更有她柜子里放满的书本。

　　和她聊天，总是让我感到舒适、惊喜。因为她有着不同于寻常同事口中的怨声载道、迷茫困惑。而她总是会跟我说巴金、张爱玲、林语堂等作家的作品，会对我说书中的故事和未知的世界。虽然她并没有上过大学，可在我看来，她却是最有文化和最博学的那位。

　　时隔多年，我在诗词大会中知道外卖小哥雷海为在众多高知选手中脱颖而出，打败北大学子而一举夺冠。他的成功只因多年坚持看书读诗。他的表现正诠释了那两句，"身体和灵魂总要有一个在路上"，"江河湖海藏于心，岁月从不败少年"。

　　雷海为的成功之路，几乎是不可复制的。因为他做到了最重要的一点：明诗词之理，达诗词之境。诗词已经与他的身心融为一体。

　　读书多了，容颜自然改变，许多时候，自己可能以为许多看过的书籍都已过眼云烟，不复记忆，其实它们仍是潜在的，在气质里，在谈吐间，在胸襟的无涯，当然也可能显露在生活和文字里。

　　当写完 2018 年的总结时，新的梦想清单从脑海里如清晰的画卷慢慢铺陈开来，去读书，去远方，见友人，望山川之美、原野之旷、大地之博，乐在途中。就像齐帆齐姐姐说的那样，她的梦想是与她笔下写的每一位作者相遇，而我的梦想则是和那些和我有着纸上之缘的每一位文友遇见。

　　去读书吧，待到镜中斑白，满面沧桑，追忆流年，依然不志忑、不心痛、不遗憾，而会由衷地认为此时此刻才是人生最好的年华。